名家笔下的中国老城市丛书

名家笔下的老重庆

总主编　张祖庆

主　编　胡　平　王小毅

编　委　刘汉兵　王　瑶　许　枫
　　　　肖　婧　张德琼　丁尚福
　　　　霍小琴

插　图　田晓丽　张　达　李　攀
　　　　李　宏　赵　亮　孙　强
　　　　罗小维　谢承伶　李佩芸

朗　诵　柏玉萍

济南出版社

图书在版编目（CIP）数据

名家笔下的老重庆 / 胡平，王小毅主编 . —— 济南：
济南出版社，2024.4
（名家笔下的中国老城市丛书 / 张祖庆总主编）
ISBN 978-7-5488-6199-7

Ⅰ.①名… Ⅱ.①胡…②王… Ⅲ.①散文集 – 中国
– 当代 Ⅳ.① I267

中国国家版本馆 CIP 数据核字（2024）第 055434 号

本书部分文字作品稿酬已向中国文字著作权协会提存，敬请相关著作权人联系领取。电话：010-65978917，传真：010-65978926，E-mail：wenzhuxie@126.com。

名家笔下的老重庆
MINGJIA BIXIA DE LAOCHONGQING
胡 平 王小毅 主编

出 版 人 谢金岭
图书策划 赵志坚 刘春艳
责任编辑 赵志坚 孙亚男 李文文 刘春艳
特约编辑 刘雅琪
封面设计 谭 正
版式设计 刘欢欢
封面绘图 王桃花

出版发行 济南出版社
地 址 济南市市中区二环南路 1 号（250002）
总 编 室 0531-86131715
印 刷 济南新先锋彩印有限公司
版 次 2024 年 4 月第 1 版
印 次 2024 年 4 月第 1 次印刷
开 本 170 mm×240 mm 16 开
印 张 8
字 数 100 千字
印 数 1—5000 册
书 号 ISBN 978-7-5488-6199-7
定 价 45.00 元

如有印装质量问题 请与出版社出版部联系调换
电话：0531-86131736

序

每座城都是一本书，每本"城书"都有其独特的精神气质。

生于此城，长于此城，你便与城融在一起，成为城的细胞。城的性格脾气就是人的性格脾气。城与人，相依共存。

一座有生命的城，少不了市，故曰"城市"。

城市于人的成长是烙印式的。无论你身在何处，永远不能忘记的是家的味道、城的气息、城的日常。我们怀想它，念叨它，也常会在某个时间点，因见到所居城市的一处景、一个人，甚至一株菜而深情满怀、热泪盈眶。作家池莉在回忆家乡武汉的菜薹时写道："我对菜薹是情有独钟不离不弃到即便它们老了也要养着，花瓶伺候，权当插花……看花时，总不免心生感慨：菜薹噢菜薹，你是我对武汉最深的眷恋。"

每一座历经千百年的城市，都是一条生命涌动的长河，于风云变幻间，留下吉光片羽。

一座古老的城市，值得我们细细品读。从显处读，可以是让游人赏心悦目的湖光山色，也可以是令吃客垂涎欲滴的特色美食。但是，仅读这些还不够，我们还要走进城市深处。风采卓绝的人物要读，深厚的文化底蕴要读，明亮的人文精神要读，这样才能走进一座城市的灵魂。

可是，谁敢说，我们真正读懂了我们所生活的城市？谁又敢说，我们真正触摸到了城市的灵魂？可能，在喧嚣的城市里，孩子还没有静静凝视过家门前那条不知源头的河流，没有留心觉察过城市中不断冒出的楼宇，没有仔细聆听过城市发展的滚滚车轮声。甚至，有这样一种情形——生活在南京的孩子不知道石头城的历史，生活在苏州的孩子没听过评弹，生活

在西安的孩子没了解过秦岭的前世今生……

不得不说，这是生命成长中的小缺憾。

中国有个性、有魅力、有文化的城市何其多也！若是有一套中国城市的读本，以名家的文字为城市代言，纵览历史发展脉络，横看现代文明景观，让青少年读者从书中读城市的古今面貌，用脚步触摸城市的现实温度，那该多好啊！我的倡议得到各地名师的积极响应，大家一拍即合，快速行动。我们希望，经由这套书，每位大小读者从自己所居之城开启城市阅读之旅，了解城的古今，梳理城的脉络，以城为荣，以城为傲。

人是城市的核心因子。人和城市的相处方式有很多种，阅读城市理应成为重要的一种。以中小学生喜闻乐见的方式打开城市阅读之门是我们的编写初心。通过阅读名家优秀的文学作品，让孩子建立对城市的文化印象，让城市发展脉络及精神气质化入孩子的生命成长中。

经多次讨论，我们最终把这套书命名为《名家笔下的中国老城市》，初定二十个老城市，分别为北京、上海、杭州、南京、武汉、西安、济南、青岛、成都、重庆、绍兴、厦门、苏州、福州、徐州、广州、洛阳、开封、镇江、淮安。"老城市"就是有悠久历史、灿烂文明、独特意蕴的城市，老城市都是有故事的城市，读者能从书中感受到厚重的城市文化与个性迥异的时代特质。城市不分大小，大城有大城的宏伟，小城有小城的韵味。

为城市编书代言，我们深知其中的艰辛。一本小书难以概括一座城市的全貌和气质。尽管如此，我们还是愿意倾尽全力。我们组建了一支有深厚的文化学识和城市情怀的编写团队，他们多是在全国有影响力的特级教师、正高级教师、一线名师。有的名师为了在书中呈现更立体多元、经典可读的城市风貌，通读了几百本相关图书，仍觉得不够；有的名师对"老城市"的"老"做了精准的解读，对丛书的助读系统提出丰富的设计框架；有的名师带领他的"学霸"团队，利用节假日，走进博物馆、图书馆，做了大量的文献检索……毫不夸张地说，每个城市的编者都经历了艰苦的"前阅读"。

　　然而，写城市的文章太多了，选几十篇编入书中，简直是沙里淘金，且一定遗珠多多。选择什么样的文字呢？经过几番讨论，数易方案，渐渐地，编写组达成共识。我们发现，读城有迹可循。编写团队做了这样的梳理：

　　1.依循城市纵横交错的线索，确定框架。为打捞丢失在历史尘埃中的城市老时光，我们做了一番细细耙梳、反复筛选的工作，再沿着"纵""横"两条线索将占有的资料以主题单元的方式呈现。"纵"即城市的历史沿革、发展脉络；"横"就是城市当下的多面向文化叙事，包含景观、习俗、人物、美食、童谣等。这样编排，既有历史的纵深感，又有现实的亲切感，丰富博大的城市概貌就有可能浓缩在一本小书中。

　　2.充分考虑读者对象，精准定位选文方向。本套丛书的主要读者是中小学生，兼顾其他年龄段读者，所选文章多是可读性、文学性俱佳的名家作品。很多写城市的书只是给大人看的，客观介绍一座城市，文字也不够浅近，孩子难免会觉得枯燥。从这个意义上来说，这是一套定制版的城市文学读本，这一特色让本套丛书有别于其他城市主题的书。

　　3.让"行读城市"成为一种新的生活方式。读城市，最终要走到城市中。本套丛书有一个重要的编写思想，那就是跟着编者行读城市。二十个城市读本中，有的将研学作为一个单独章节，有的则将其融合在各个章节中。无论采用哪种形式，小读者们都能从书中读到书外。一本书就是一座城的博物馆"入场券"，儿童（或成人）经由这张"入场券"，走进城市文明深处。

　　以《名家笔下的老武汉》为例，我们来一睹老武汉的城貌——全书分为八个章节，从《日暮乡关何处是》到《踏破铁鞋无觅处》《忙趁东风放纸鸢》，将江湖武汉、火辣辣的武汉、因爽而快的武汉生动地展现给读者。每一章都有"导读""群文探究"，每一篇都有"读与思"。读一本书，仿佛在与城市对话、与编者交谈，读者可带着憧憬之心、探究之趣在城的古今穿梭，在城的南北畅游。

　　编者刘敏动情地说："二十年前，我在武汉读大学。如今，我拖儿带

女留在武汉，安居乐业。多少次，我漫步于夜幕中的长江大桥，和灯火一起微醺；多少次，我在汉口江滩，寻觅百年的沉浮……"

不只是武汉，每一座城都值得用心去读。《名家笔下的老西安》编者王林波老师的感言，说出了所有编者的心声："三年多的时间里，我们走街串巷地亲历感受，我们翻阅文献广泛搜集筛选，我们对话作者深度访谈。一切的努力，只是单纯地想为你——亲爱的读者呈现最适合的老城市。"

我们有理由相信，这是一套真正的精华读本。读者站在名师深读的肩膀上鸟瞰城市，深入城市的叶脉、根系，享受读城的步步惊喜，体验读城的无穷乐趣。

亲爱的读者朋友们，《名家笔下的中国老城市》丛书是一座开放的城堡，我们将不断寻觅，让这个城堡的成员更丰富，文化更多元，视野更开阔。我相信，你们的阅读也必然是开放的——读城市的文学、文化、文明，读城市的传说、市井、烟火，读城市的性格、秉性、气质，读城市的人、事、景……自己读，和爸妈、老师一起读，走进城市博物馆，实景考察，深度研学；不仅读"我的城"，还要读"他的城"，因为这都是"我们的城"。

再次翻阅一本本书稿，我心中感奋不已。我仿佛又一次和编者朋友们一道，穿行一座座古城，漫步一条条大街，走进一处处深宅，聆听古老钟声，触摸历史心跳。

人在城中，城在心里；一眼千秋，千秋一卷；一卷一城，读行无疆。

于杭州·谷里书院

邀你听一座山城

说起重庆，你的脑海中会浮现出哪些画面？是热辣翻腾的火锅，是轻轨穿楼的奇景，还是洪崖洞那绚烂的灯火？当你真正走进这座城市时，你就会发现这座城市不仅会向你诉说现代的魅力，还会邀你聆听历史长河的回响。

江州、渝州、恭州、重庆……名字的变迁记录着这座城市的成长。出于热爱，人们亲昵地称呼它为"山城""江城""雾都""桥都"。每一个名字，都曾留下悠久历史的烙印，体现出城市鲜明的个性。你听，久久回响在这座山城里的，是跨越两千年生生不息的巴渝文化。

黄葛古道的青石板上刻录着千百年来的沧桑变化，不变的是黄葛树总在春天抽出的新芽，不变的是巴渝儿女刻进骨子里的坚韧不拔。为了让你了解重庆的历史与名胜，感受它在炮火中的革命文化、红岩精神，品味它的美食和方言，我们精心编写了这本写给学生的老城市文学读本——《名家笔下的老重庆》。

几年来，编写组实地考察，博览群书，搜集资料，多次请教本土文化名人，多次研讨形成编写思路和框架，最后精选美文佳作完善编写。我们希望为读者朋友展示一座具有人文精神的老重庆。

首先，展示"最真实"的重庆，看见城市的每一景、每一物。翻开目录，你会发现九个章节中涵盖了重庆的历史、文化、地貌、名胜、美食等方方面面。《重庆，你好》将带你探秘重庆城的历史沿革，形成整体印象。《噢！山城》带你探索最具重庆特色的空中索道、吊脚楼民居等。《三峡七百里》带你领略重庆最具有代表性的风景名胜。《解放碑的钟》带你体会重庆人的红色精神。一个在炮火中鼎立的城市，用它的两江水诉说着巴渝文明的源远流长，用它的延绵山脉挺立起不屈的脊梁。《传说中的老火锅》《重庆言子儿》会让你沉醉于重庆的麻辣美食和方言童谣中。《行千里,致广大》将带你回味重庆的博大与包容,铭记历史,展望未来。

其次,展示"最悠久"的重庆,探索城市的每一人、每一事。开篇以重庆的来历形成对重庆的"初印象"。通过阅读与实践,读者可以了解重庆各个方面不一样的风采,探索重庆这座城市的历史,听听重庆成长的故事。

再次,展示"最深度"的重庆,听见城市的每一言、每一语。为了让大家更好地了解老重庆,我们在书中放置了两条线:一是明线——景点线,如老城门、空中索道、吊脚楼、解放碑、渣滓洞、白公馆、码头、三峡等;二是暗线——文化线,既有承载重庆城市变迁过程中沉淀的城市文化符号,又有贯穿重庆人顽强不屈的精神力量……

最后,我们的编写语言尽可能 "儿童化"和"结构化",让亲爱的读者找到轻松阅读的密码。当然,如果你想有更好的阅读感受,不妨听听我们的建议吧!

读读"导语":每章前面的"导语"可花费了我们不少心血,请你不要错过它,它可以帮助你概览本章的阅读内容。

读读"读与思":"读与思"的作用可不小,它可以帮助你概括文章的内容,提取文中的简要信息,给你无限的思考空间。

读读"群文探究":它会告诉你如何从文体特点、文本内容、写作方法等方面去"求同比异",它还会带着你回归生活进行各种实践。

山连着山,水牵着水,让我们走进一座山水相依的重庆。希望能与你相逢在每一个跳动的字符里,希望能与你相逢在这座永远朝气蓬勃、积极向上的城市里!

同学们,我们书里见!

目录 MULU

老重庆

第一章　重庆，你好

三千年江州府，八百年重庆城。

"渝"是重庆的简称。你知道重庆为什么叫"渝"吗？

从遥远的巴国到汉朝的江州，从隋朝的渝州到今天的重庆，重庆的昨天又有怎样的魅力？

让我们一起翻开尘封的历史，走进重庆悠远的"昨天"，了解重庆这座城市的魅力……

〇二 扫码立领
★ 名师朗读
★ 美文微课
★ 城市印象
★ 老城记忆

一颗头保住三座城（节选）

◎章创生　范时勇

公元前四世纪，巴国由于多年对外战争，国力渐渐走向衰落。巴国朐忍（今万州一带）爆发了武装叛乱。形势紧迫，驻守巴国东部边境的巴蔓子将军决定向楚国借兵。

他历尽千辛万苦，终于到达了楚国。他去拜见楚王，请求楚国出兵平息叛乱。

巴国和楚国在历史上经常打仗，也经常称兄道弟，既是敌国，也是盟国。前些年双方订立盟约，一国有难，对方必须援助。巴蔓子的借兵请求是顺理成章的。可是楚王心想，既然巴国国王都被挟持了，看来巴国内乱深重，何不隔岸观火坐收渔利呢；即使要借兵，也得抬高点价码吧。于是，楚王故意推辞，找借口不出兵。巴蔓子说："大王，国破家亡，可巴人赤心未亡呀！只要大王能顺手出一把力，叛乱即可平息。倘若你见死不救，这伙狂妄残暴者当权之时，便是贵国不安之日！"

楚王深谙巴蔓子的人格，也深知一旦与邻国撕破脸皮也没有好结果，于是对巴蔓子说："如果你答应事成之后送我三座城池，我就马上出兵。"楚王想，派兵出战就当远足练兵，又不兵戎相见便得了城池，何乐而不为呢？

然而对于巴蔓子来说，这却是件两难的大事。要把国土割让给别人，这比割自己的心肝还疼；可要是不答应，国家安危又迫在眉睫。

巴蔓子沉吟了半晌，含糊其词地说道："只要楚王肯出兵平息叛乱，这些事情到时候都好商量。"

"谁跟你商量？这可不是儿戏。还是把你的儿子送来当人质吧。"楚王严肃地说。

"我巴蔓子平生从无戏言，我用头颅担保，事成之后你将得到三座城池！"巴蔓子斩钉截铁地回答道。

话已说到这份儿上，楚王也就认了，即刻派出了兵马，由巴蔓子领军急赴巴国。

在巴蔓子的指挥及楚国援军的配合下，他们很快打败了叛军。巴国又恢复了往日的安宁。楚国的兵马刚刚回国，楚王就派人向巴蔓子讨要三座城池。

巴蔓子心里像油煎火熬一般，但他表面上不露声色，还准备好了酒宴款待楚国使者。巴蔓子说："楚国这次帮了巴国大忙，我们子子孙孙都不会忘记这份情义。"

楚国的使者说："记得情义就好，眼下就请把三座城池交割给我国吧！"

巴蔓子说："国土为国之根本、民之根本，我无权将它送人。眼下你们帮了我们一把，往后若贵国有难，我们巴国也会倾力相助。这难道不比三座城池更好些吗？"

楚国的使者急了："割让三座城池可是将军当时亲口许下的诺言呀！"

巴蔓子心知肚明：若践约让城则失忠诚之责，若毁约则失君子之信。忠信难以两全呀！于是他恳切地对使者说道："我们愿意把全城的金银珠宝奉送楚王，以答谢贵国出兵救巴之恩，恳请保留我国的临江三城！"

绘图：张达（重庆市辅仁中学校）

楚国使者不敢做主，于是回国报告了楚王。楚王勃然大怒："君子一言，驷马难追。割让三城，绝不能改！若据城不让，即刻发兵征讨，休怪我楚国无情！"

巴蔓子得知楚王的强硬态度，陷入痛苦之中：他不忍国家割让城池，同时又不愿失信于人。最后，他对楚国使者说："我曾许诺楚王，我以头颅担保楚国可得三城。请把我的头颅带回去答谢楚王吧！"说完抽出宝剑挥向脖颈，头颅落地，一腔热血喷出！

楚国使者叫人做了个紫檀盒子，装上巴蔓子的头颅快快回国了。

楚王听了事情的经过，深受震撼，放弃了攻打巴国的念头。楚王盛赞巴蔓子的大忠大义，并感叹道："巴蔓子真不愧为天下第一忠臣。假若我能得到像他那样的忠臣良将，称霸天下还有何难？"于是将巴蔓子的头颅厚葬于楚国荆门山南面，让他日日夜夜望着自己的国土。

此消息传到了巴国，举国震动，君臣百姓众口赞颂巴蔓子。巴王除下令厚葬巴蔓子外，还将他的遗体从临江迁葬到都城江州七星岗（现重庆市渝中区七星岗莲花池）。

世人王尔鉴题写巴将军墓志铭：头断头不断，万古须眉宛然见；城许城还存，年年青草青墓门。

巴蔓子走了，但巴蔓子的浩然正气在这方山水这方人中代代传承下去。

绘图：张达（重庆市辅仁中学校）

读与思

读一读这篇文章，想一想巴蔓子将军为什么会受到巴国君臣百姓的敬重与爱戴。

巴蔓子的浩然正气在这方山水这方人中代代传承下去。搜集邹容、刘伯承、何其芳的故事读一读，或许你会有不一样的收获。

龙骨坡

◎王明凯

在一个叫庙宇镇的地方
叩开龙骨坡的大门
我们惊奇地发现
你是一座，200万年前的山寨
两颗门齿和带齿状的颌骨化石
是我的远祖，留在大地牙龈上的吻痕

我看见我的远祖，在洪荒的山坡
一万年一万年地行走
身体徐徐直立，手脚慢慢分开
用藤条和树叶遮住羞部
提一根木棒，围猎四只脚的野兔和獐子
用锋利的牙齿，咬断狼的喉管
森林中响起，咿咿呀呀，胜利的呼声

我的远祖，死于饥饿与寒冷
或者，与狼群的搏斗
他的骨头和牙齿，就埋在这龙骨坡上
替他活着的，是草，是树，是土地
是钻木取火和结绳记事的子孙

204 万年以后，它发出芽来

那芽，是我的父亲和我父亲的儿子

读与思

　　龙骨坡遗址，又称"巫山猿人遗址"。在这里出土的"巫山人"化石是中国境内发现的最早的人类化石。这一发现揭示了人类发展的进程，填补了中国早期人类化石的空白。

　　在王明凯先生的笔下，重庆的历史不再是冷冰冰的遗迹，而是我们祖先与自然搏斗的勇气，是团结奋斗的呼号。作者怀着崇敬的心情，缅怀人类远古祖先巫山人，深情赞颂他们在劳动中与天、地、野兽斗争的精神。本文语言明晰，诗意深沉，带给人深深的思考。

寻找东方伊甸园

◎杨恩芳

黛色的巫山千嶂层叠，幽深的巫溪宁河碧波荡漾。大巫山终年云缭雾绕在若隐若现中。

翻开大巫山的历史，远古巫风扑面而来。龙骨坡二百零四万年前猿人下颌骨的出土，动摇了人类源自东非大裂谷的推断。巫山作为东亚人的发源地令世界瞠目！玉米洞多功能套件石器的面世，闪耀着三十万年前巫人的智慧光芒。源远流长的史前文明，厚积薄发于五千年前的大巫山，孕育了人类童年的巫文化。东亚人从此告别漫长的混沌与蛮荒。

绘图：李宏（四川外语学院重庆第二外国语学校）

　　"巫"，按甲骨文解，是工巧人之叠加；按象形字解，为立地通天之人，即人类从蒙昧走向文明的先知。巫文化，是人类对天、地、人的最早觉醒，涵盖天文地理、神话宗教、医药艺术等多领域；其万物有灵、自然崇拜、天人感应、人神同位，尤其是先觉于世界神本文化的人本精神，渗透于中华民族血脉，成为传承五千年的文化原子和思想基因。它上集大成，开启了以巴、楚、吴、越为代表的南方文明；下开百代，影响了夏、商、周、秦为代表的中原文化，是中华民族文化之根脉。站立于中华文化源头的重庆，找到了文化自信的第一个支点！

宁厂古镇

《山海经》中记载，巫溪宝源山，即宁厂古镇一带。

只要你走过十里幽谧峡谷，抬眼望那神工鬼斧凿出的半山涵洞，就仿佛看见远古巫人炼丹的硝烟，化作浓云回还缭绕。万年不绝的盐泉飞瀑，仿佛远古巫咸国治盐采药、不耕而食、不织有衣的盛景再现。八方生灵云集于此，寻求生命的永恒，以至这深山峡谷集聚成了七里半边街。蜿蜒秦巴腹心的巫盐古道，依稀可见盐夫登悬崖，蹚宁河，直抵陕西。

寻找人间净土神秘乐园的西方人千年不绝，返璞归真回到童年的人文情结万年难了。巫文化的神秘灵性与人类童年的神本文化一脉相承。大巫山的神奇景观与西方神话的意象境界形神相通。《山海经》中关于这片远古理想乐园的记载，与《圣经》中关于伊甸园的描述，有惊人的形神之似。起源于巴楚的伏羲与女娲传说，与伊甸园中亚当与夏娃造人的神话，更有异曲同工之巧。难怪一位俄罗斯学者涉足此地拍案惊奇：这不就是东方伊甸园吗？

伊甸园在东方，伊甸园在巫山巫水，伊甸园在心中……

（有删改）

读与思

"伊甸园"，一个多么美妙的名字。人类祖先居住的美好乐园，就在这千嶂层叠的巫山、幽深碧蓝的巫溪宁河之间。远古人类的身影在这里穿梭，古人的智慧在这里闪耀。

作者以诗化的语言、澎湃的激情、深入的思辨，抒写了绵绵不绝的乡情和缕缕不断的乡愁，令人深思猛省。

群文探究

1.读了本组文章，你对重庆名称的演变历程有了哪些了解？自己画一张鱼骨图填一填吧。

2.观看中央电视台纪录片《话说长江》第八集《从宜宾到重庆》，总结一下重庆有哪些特点。选择一两个词填写在下面的方框中。

桥都　雾都　山城　火锅　谜一样的天气　平翘舌不分
耿直　热心　市井　夜景　小面　潮湿　魔幻 8D　爬坡上坎

第二章　印象重庆

七色茶花映桷树，山城灿烂又逢春。

重庆是山城，山路崎岖路不平；重庆是雾都，云雾缭绕如仙境。重庆的美，有盘虬般的黄桷，有风姿绰约的山茶，也有历经沧桑风雨后的壮怀激烈……

古往今来，多少文人墨客留下了自己对重庆独特的感受。让我们跟随他们的脚步，走进他们印象中的重庆城吧！

〇扫码立领
★ 名师朗读
★ 美文微课
★ 城市印象
★ 老城记忆

重 庆

◎［清］赵 熙

万家灯火气如虹，水①势西回复折东。

重镇天开巴子国②，大城山压禹王宫③。

楼台市气笙歌④外，朝暮江声鼓角⑤中。

自古全川财富地，津亭⑥红烛醉春风。

注释

①水：指形如"巴"字的江水。

②巴子国：古巴国，指今重庆、鄂西一带。周初封为子国，称巴子国。

③禹王宫：禹王庙。

④笙歌：本指簧管乐器吹奏的乐曲，此泛指歌舞。

⑤鼓角：古代军中用以报时、警众或发号施令的鼓和号角。

⑥津亭：渡口边的旗亭。

读与思

　　全诗意境开阔，首联写重庆夜景，颔联写重庆古迹，颈联写闹市盛况，尾联赞美重庆是富庶之地。这首诗充满了诗人对重庆这座历史悠久的文化名城的赞美之情。

　　说一说，古人眼中的重庆给你带来什么样的感受？

重庆一瞥

◎朱自清

朱自清

重庆的大，我这两年才知道。从前只知重庆是一个岛，而岛似乎总大不到哪儿去的。两年前听得一个朋友谈起，才知道不然。他一向也没有把重庆放在心上。但抗战前两年走进夔门一看，重庆简直跟上海差不多；那时他确实吃了一惊。我去年七月到重庆时，这一惊倒是幸而免了。但是，住了一礼拜，跑的地方不算少，还带了地图在手里，而离开的时候，重庆在我心上还是一座丈八金身，摸不着头脑。重庆到底有多大，我现在还是说不出。

从前许多人，连一些四川人在内，都说重庆热闹、俗气，我一向信为定论。然而不尽然。热闹，不错，这两年更是如此；俗气，可并不然。我在南岸一座山头上住了几天。朋友家有一个小廊子，和重庆市面对面。清早江上雾蒙蒙的，雾中隐约透着重庆市的影子。重庆市南北够狭的，东西却够长的，展开来像一幅扇面上淡墨轻描的山水画。雾渐渐消了，轮廓渐渐显了，扇上面着了颜色，但也只淡淡的，而且阴天晴天差不了多少似的。一般所说的俗陋的洋房，一水之隔却出落得这般素雅，谁知道！

十八梯传统风貌区

再说在市内，傍晚的时候我跟朋友在枣子岚垭、观音岩一带散步。电灯亮了，上上下下，一片一片的光是星的海。一盏灯一个眼睛，传递着密语，像旁边没有一个人。没有人，还哪儿来的俗气？

从昆明来，一路上想，重庆经过那么多回轰炸，景象应该很惨吧。报上虽不说，可是能想得到的。可是，想不到的！我坐轿子，坐洋车，坐公共汽车，看了不少的街，炸痕是有的，瓦砾场是有的；可是，我不得不吃惊了，整个重庆市还是堂皇壮丽的！街上还是川流不息的车子和步行人，挤着挨着，一个垂头丧气的也没有。有一个早上，我坐在黄家垭口那家宽敞的豆乳店里，街上开过几辆炮车。店里的人都起身看，沿街也聚着不少

的人。这些人眼里都充满了安慰和希望。只要有安慰和希望，无论怎么被轰炸，重庆市的景象也不会惨的。我恍然大悟了。——只看去年秋天那回大轰炸以后，曾几何时，我们的陪都不是又建设起来了吗？

1941 年 3 月 14 日作

读与思

  抗战时期，许多作家来到重庆工作、生活、学习，他们参与并见证了这座城市的历史。在他们的笔下，重庆除了有纷飞的炮火、浓郁的烟火气息，更有一种不屈服的精神。这里的人民对未来的生活充满希望。正是这种力量，让重庆这座城在战火中屹立不倒。

  读一读他们的作品，走到嘉陵江边、歌乐山下、红岩村旁，寻找他们的踪迹，触碰历史的"心跳"。

雾之美

◎张恨水

居重庆六年，饱尝雾之气氛，雾可厌，亦可喜，雾不美，亦极美，盖视季节环境而异其趣也。大抵雾季将来与将去时，含水分极多，重而下沉，其色白。雾季正盛时，含水分少，轻而上浮，其色青。青雾终朝弥漫半空，不见天日，山川城郭，皆在愁惨景象中，似阴非阴，欲雨不雨，实至闷人。若为白雾，则如秋云，如烟雨，下笼大地，万象尽失。杜甫诗谓"春水船如天上坐"，若浓雾中，己身以外，皆为云气，则真天上居也。

白雾之来也以晨，披衣启户，门前之青山忽失。十步之外，丛林小树，于薄雾中微露其梢。恍兮惚兮，得疏影横斜之致。更远则山家草屋，隐约露其一角。平时，此家养猪坑粪，污秽不堪，而破壁颓篱，亦至难

绘图：李宏（四川外语学院重庆第二外国语学校）

寓目。此时一齐为雾所饰，唯模糊茅顶，有如投影画。屋后为人行路，遥闻赶早市人语声。在白云深处，直至溪岸前坡，始见三五人影，摇摇烟气中来，旋又入烟气中而消失。微闻村犬汪汪然，在下风吠客，亦不辨其出自何家也。

一二时后，雾渐薄，谷中树木人家，由近而远，次第呈露。仰视山日隔雾层而发光，团团如鸡子黄，亦至有趣。又数十分钟，远山显出，则天色更觉蔚蓝，日光更觉清朗，黄叶山村，倍有情致矣。

读与思

青雾白雾，雾聚雾散。用心品味这篇文章，你会发现贯穿于字里行间的优美意境和浓浓诗情。

重庆为什么被称为"雾都"呢？张恨水笔下的重庆有什么特点呢？如果你还想了解更多张恨水与重庆的故事，请读一读《张恨水说重庆》这本书吧！

巴山夜雨

◎钱歌川

我对雨虽不特别爱好，也不怎样嫌恶。如果头上戴着帽子在不大不小的雨中行走，我并不觉得难过，毋宁说有一种超然的心情。

你只要不以打湿衣帽为意，便可悠然不迫而有余情去欣赏那织女机中的雨丝。真的，那就和春蚕刚吐出来的丝一样光亮、细长，而且整齐地排列着，似乎要把天空和大地缝织起来。那时你就像一把梭子，从那些雨丝中穿过。

雨不仅可看，而且可听。听雨最好是在夜里，没有市声混杂，你可以清晰地辨出什么是芭蕉上的雨声，什么是残荷上的雨声。池中之雨清彻，瓦上之雨沉重。倾盆大雨如怒号，霏霏细雨如鸣咽，一个是英雄气短，一个是儿女情长。

夜雨中又以巴山夜雨最出色。唐代诗人大半都有写巴山夜雨的诗句，尤其以李商隐的《夜雨寄北》最为脍炙人口。他那一首诗，使得巴山夜雨更多了一重意义，令人联想到高贵的友情。

说来奇怪，四川的雨，大都是夜里降落，天明又止。我初到四川，住在城中，房子是瓦盖的，夜来雨洒庭前树，仿佛伴我夜读。深夜人倦，抛书睡去，梦中还在低吟"蜀星阴见少，江雨夜闻多"之句。早晨出门，路面已干，夜雨化成朝云，横在山腰，遮断树身，构成绝好图画。你想会有人不爱巴山夜雨吗？

然而好景不长，在城中居不多时，我便被日本的炸弹逐到乡

下。由于乡下田地多而房屋少，于是我出建筑费，在本地人的地上盖茅屋。约定住两年，就把房子送给当地的主人；如果再住下去，我另出房租。我知道这房子终将属于他人，不愿投资过多，能遮蔽风雨就不错了。

那茅屋从第一年就漏水，愈漏愈甚。第二年，愈漏愈不成样子了。起初是一处漏，后来竟有好几处。南边漏水，恰在床头，只好把床往北移。雨水跟着追来，最后追到床铺靠紧北窗，无法再退。我既不能把床移到墙外，只好以困兽精神，作背水之战。所有的武器，一把雨伞而已。我把它撑在床头，像面临危险的鸵鸟，只要把头部遮住不受雨淋之苦，便算满足。

巴山多夜雨，室内少晴天，又熬了一年。我拱手把屋子送给那地的主人，希望他可以负责来修缮。他果然满口答应，并说要换瓦，以作一劳永逸之计。我只希望他能早点动工，从春望到夏，从夏等到秋。直到秋尽冬来，房主人才叫匠人预备来开工了。

瓦匠到来，第一步工作，当然是破坏。他们爬上屋顶，把茅草全给掀了。他们答应三天把瓦盖好。第二天来钉格子，一片瓦也没有盖，但天气已有雨意。我提心吊胆地过了一夜，满以为早晨瓦匠能来，谁知直到下午还是毫无人影。天色暗淡，云雾翻涌，看去十分险恶，而这时候已近黄昏。原来他们又在别家接了生意，过两天再回头来做。

巴山之雨，与夜俱来。起初几滴，后来愈下愈大，万箭齐集；跟着竟像黄河决口，满屋泛滥。我将家中所有草席，全铺在床顶。睡不多时，忽听枕边有滴水声，伸头去看，床顶已聚水成渠。我除了把那一渠积水倾倒地下，别无办法。再也不能安睡，一夜中忙着疏浚，直到天明雨过方停。

张志和在《渔歌子》中描写渔翁，说"斜风细雨不须归"，似乎很可羡慕。读者读这些诗句时被诗人支配，欣赏那诗中有画，用不着设身处地去为渔翁着想。其实渔翁冒雨打鱼，在他本身并无诗情，也无画意，毋宁说是不得已的苦事。你要是遇雨而在家安然读书，我相信你对雨不会发生恶感。

你对巴山夜雨，一定会觉得怪可爱的。然而，我可不能和你发生同感了。

读与思

这篇文章撰写于抗日战争时期，从另一个角度为大家介绍了抗战时期重庆艰苦的生活环境，表达了作者对重庆的雨的独特感受。

古往今来，无数文人为"巴山夜雨"创造了或浪漫、或悲怆、或孤寂的想象。你可以搜索一下"巴山夜雨"这个关键词，了解它还有怎样的故事。

群文探究

1. 读了《重庆一瞥》《雾之美》《巴山夜雨》这几篇文章，你对重庆城有了哪些初始印象？在下面的思维导图里填一填吧。

重庆——自然特色（景物）——人文特色（精神）

　　（　　　　）　　　　（　　　　　）

　　　……　　　　　　　　……

2. 如果你到重庆旅行，你会计划游览重庆的哪些地方？把你的想法写下来吧。相信你的旅行计划会越来越完善！

第三章　噢，山城

磐石擎城耸半空，大江来抱气濛濛。

穿江而过，环山成雾，这是对重庆地形地貌最形象的概括。城市依山而建，黄桷树在石缝壁崖间奋力扎根。山即是城，城即是山。让我们一起阅读重庆，领略这座山城的独特面貌吧。

○ 扫码立领
★ 名师朗读
★ 美文微课
★ 城市印象
★ 老城记忆

咏空中索道缆车

◎杨　山

不需惊叹

索道缆车

腾着云

飞过江

跋涉者

乃有喜

看弯弯嘉陵月

辉映流水长

千丈巴山

变矮

峡谷千丈

通畅

伫立月下

谁在歌唱——

愿智慧的鸟儿

更高飞翔

读与思

空中索道是重庆独特的都市景观。跋涉者在空中索道上看嘉陵月、巴山、峡谷，视角转换，铺陈渲染，引人思考。

永远的黄桷树

◎邢秀玲

常常思念大西北的白杨树，它高大、伟岸、正直，昂首云天，不畏风寒，在严酷的环境中张扬着坚韧不拔的性格。难怪茅盾先生对它倾注了满腔激情，极力赞誉。

然而，白杨树只有半年的青春。那满树绿意姗姗来迟，五月份才能抽芽，十月份便被秋风染黄，还没等冬季的齿轮碾过，已卸下一身金甲，只剩下光秃秃的枝丫，透出苍凉的意味。

在我看来，生长在重庆的黄桷树可谓名副其实的常绿树，尽管它没有享受过名家的礼赞，也无人给它冠以"高洁"的雅号，但它足以和最有生命力的树媲美。福建的榕树是蓊郁的，但它有副老态龙钟的模样，缺少一份鲜活；海南的椰树是挺拔的，但它高高在上，给人可望而不可即的感觉；南京的梧桐树气象森然，青岛的樱花树绚烂若梦，但因都属于域外引进的品种，始终有那么一丝半缕不同的味道。

与之相比，黄桷树太谦虚了，一点也不懂得自我推销。我到重庆落户已经整整八年，几乎天天和它相遇，处处受到它的荫庇，我却对它熟视无睹，从来没想到为它唱一支歌。

黄桷树枝繁叶茂，带给炎热季节的山城一片浓荫，一份凉意。即使淫雨霏霏的冬天，满树的绿叶也不会零落，仍是一副傲雪凌霜的姿态，仿佛一个永不疲倦的斗士，从没有卸下盔甲的日子。据说黄桷树也在年年长出芽叶，悄悄换下旧装，但在不经意之

间就完成了，从来不事
张扬。

重庆多山，地下多
石，许多名花奇树似乎
与此地无缘。只有貌不
出众的黄桷树对山城情
有独钟，长势喜人。因
为它拥有绵长而柔韧的
根须，能够从岩层中、
石缝里吸收养料和水
分，这是它生命力旺盛
的根本原因；而且它的
叶片大而密，阳光对它
格外慷慨，这也是它常
绿的奥妙。

绘图：李宏（四川外语学院重庆第二外国语学校）

在我居住的校园里，有棵穿越百年岁月的黄桷树，受到人们
的特别保护。石砌的护栏将它保护起来。它的树身上挂着牌子，
显得格外尊贵。尽管它受过雷殛，半边身子已被劈去，中间形成
一个大大的空洞，可另一半依然长新枝、吐绿叶，在风雨晨夕中
尽情展示温柔的风姿。

就在我家窗外，也有一棵风华正茂的黄桷树。它的枝丫高低
错落，舒展自如，织成硕大无朋的树冠。树上有鸟儿做巢，蝉儿
唱歌。它营造出一方绿韵袅袅的氛围，将酷夏的暑气和心中的烦
躁一齐阻之于门外，让你始终拥有一份宁静愉悦的美妙心境……

我最近又发现，黄桷树不仅永远绿意盎然，而且具有极大的包容性。它和桐树、棕榈、玉兰树、皂荚树和谐相处，一起生长，从不因自己家族的强盛而挤对别人，也从不在众树的簇拥下陶醉。它平凡普通得犹如山城的老百姓，而它的强悍和宽容却是重庆人性格的象征。

随着人们的环境意识日益增强，树木已成为城市的标志。黄桷树以默默无闻和吃苦耐劳的奉献精神赢得了"市树"的美誉。从它的身上，我感悟到人生的艰辛和凝重、生命的蓬勃和葱茏，也看到重庆的未来和希望。如果让我选择最喜爱的树，我会毫不犹豫地选择黄桷树！

读与思

作者以西北地区伟岸笔直的白杨、南京气象萧然的梧桐等树木与重庆的黄桷树对比，真诚表达了对常绿又谦逊的黄桷树浓郁的热爱之情。

黄桷树作为重庆的"市树"，作者在描写其四季特点及性格特征上都拟人化了，以树喻人。你眼中的黄桷树有哪些特点，又蕴含了重庆人怎样的性格和精神呢？你还可以为黄桷树制作一张有图有文的名片。

重庆的房子

◎张恨水

重庆的房子包括川东沿江的码头，那是世界上最奇怪的建筑。那种怪法，怪得川外人有些不相信。比如你由大街上去拜访朋友，你一脚跨进他的大门，那可能不是他家最低的一层，而是他的屋顶。你就由这屋顶的平台上，逐步下楼，走进他的家，所以住在地面的人家，他要出门，有时是要爬三四层楼，而大门外恰是一条大路，和他四层楼上的大门平行。这是什么缘故？因为扬子江上溯入峡，两面全是山，而且是石头山。江边的城市，无法将遍地的山头扒平。城郭、街道、房屋，都跟随地势高低上下建筑。街道在山上一层层地向上横列地堆叠着，街两旁的人家，就有一列背对山峰，也有一列背对悬崖。背对山峰的，他的楼房，靠着山向上起，碰巧遇到山上的第二条路，他的后门，就由最高的楼栏外，通到山上。这样的房子还不算稀奇，因为你不由他的后门进去，并不和川外的房屋有别。背对悬崖的房屋，这就凭着川人的巧思了。悬崖不会是笔陡的，总也有斜坡。川人将这斜坡，用西北的梯田制，一层层地铲平若干尺，成了斜倒向上堆叠的大坡子。这大坡子小坦地，不一定顺序向上，尽可大间小、三间五这样的层次排列。于是在这些小坦地上，立着砖砌的柱子，在上面铺好第一层楼板。那么，这层楼板必须和第二层坦地相接相平。第二层楼面就宽多了。于是在这一半楼面一半平地的所在，再立上柱子，接着盖第三层楼。直到最后那层楼和马路一般齐，这才算是正式房子的平地。在这里起，又必须再有两三层楼面，才和街道上的房子相称。所以，重庆的房子，有五六层楼，那是极普通的事。可是这五六层楼，若和上海的房子相比，那又是个笑话。他们这楼房，最坚固的建筑，也只有砖砌的四方柱子。所有的墙壁，全是用木条子，双夹的漏缝钉着，外面糊上一层黄泥，再抹石灰。看上去是极厚的墙，而一拳打一个窟窿。第二等的房子，不用砖柱，就用木柱。也不用假墙，将竹片编着篱笆，两面糊着泥灰，名字叫夹壁。还有第三等的房子，那尤其是下江人闻所未闻。哪怕是两三层楼，全屋不用一根铁钉，甚至不用一根木柱。除了屋顶是几片薄瓦，全部器材是竹子与木板。大竹子作柱，小竹子作桁条，篱片代替了大小钉子，将屋架子捆住。壁也是竹片夹的，只糊一层薄黄泥而已。这有个名堂，叫捆绑房子。由悬崖下向上支起的屋子，屋上层才高出街面的，这叫吊楼，而捆绑房子，照样可以起吊楼。唯其如此，所以重庆的房子，普通市民是没有建筑上的享受的。

读与思

　　重庆房子的奇特，大概由于街道的"堆叠"，楼层错落，仿佛立体迷宫。虽然作者感慨"普通市民是没有建筑上的享受的"，但是这样的房子却是最大限度地利用了山城的地形，让人不得不赞叹重庆老百姓的智慧。

　　会读书的你，一定有办法把重庆独有的"吊脚楼"用图示和文字介绍给身边的伙伴。

重庆行记（节选）

◎朱自清

这回暑假到成都看看家里人和一些朋友，路过陪都，停留了四日。每天真是东游西走，几乎车不停轮，脚不停步。重庆真忙，像我这个无事的过客，在那大热天里，也不由自主地好比在旋风里转，可见那忙的程度。这倒是现代生活和现代都市该有的快拍子。忙中所见，自然有限，并且模糊而不真切。但是换了地方，换了眼界，自然总觉得新鲜些，这就乘兴记下了一点儿。

热

昆明虽然不见得四时皆春，可的确没有一般所谓的夏天。今年直到七月初，晚上我还随时穿上衬绒袍。飞机在空中走，一直不觉得热，下了机过渡到岸上，太阳晒着，也还不觉得怎样热。在昆明听到重庆已经很热。记得两年前端午节在重庆一间屋里坐着，什么也不做，直出汗，那是一个时雨时晴的日子。想着一下飞机必然汗流浃背，可是过渡花了半点钟，暴晒在太阳里，汗珠儿也没有沁出一个。后来知道前两天刚下了雨，天气的确清凉些，虽然感觉远不如想象之甚，心里也的确清凉些。

滑竿沿着水边一线的泥路走，似乎随时可以滑下江去，然而毕竟上了坡。有一个坡很长，很宽，铺着大石板。来往的人很多，他们穿着各样的短衣，摇着各样的扇子，真够热闹的。片段的颜色和片段的动作混成一幅斑驳陆离的画面，像出于后期印象派之手。我赏识这幅画，可是好笑那些人，尤其是那些扇子。那些扇子似乎只是无所谓地机械地摇着，好像一些无事忙的人。当时我和那些人隔着一层扇子，和重庆也隔着一层扇子，也许是在滑竿儿上坐着，有人代为出力出汗，才会那样心地清凉罢。

第二天上街一走，感觉果然不同，我感受到了重庆的热了。我买了扇子也拿在手里了。我穿着成套的西服在大太阳里等大汽车。等到了车，在车里挤着，实在受不住，只好脱了上装，折起来挂在膀子上。有一两回勉强穿起上装站在车里，头上、脸上直流汗，手帕子简直揩抹不及，眉毛上、眼镜架上常有汗偷偷地滴下。这偷偷滴下的汗最让人担心，担心它会滴在面前坐着的太太、小姐的衣服上、头脸上，就算不是太太、小姐，而是绅士先生，也够"那个"的。再说若碰到那脾气躁的人，更是吃不了兜着走。曾在北平一家戏园里见某甲无意中碰翻了一碗茶，泼些在某乙的竹布长衫上。某甲直说好话，某乙却一声不响地拿起茶壶向某甲身上倒下去。碰到这种人，怕会大闹街车，而且是越闹越热，越热越闹，非得官兵出面不可。

话虽如此，幸而倒没有出什么岔儿。不过为什么偏要将上装挂在膀子上，甚至还要勉强穿上呢？大概是为了绷一手吧。在重庆人看来，这一手其实可笑，他们的夏威夷短裤照样绷得起，何必要多出汗呢？这儿重庆人和我到底还隔着一个心眼儿。再说防空洞吧，重庆的防空洞，真是大大有名。死心眼儿的人以为防空洞只能防空，却想不到防空洞也能防热的。我看沿街的防空洞大半开着，洞口横七竖八地安些床铺、马扎子、椅子、凳子，横七竖八地坐着、躺着各样衣着的男人、女人。在街心里走过，瞧着

那懒散的样子，未免有点儿烦气。这自然是死心眼儿，但是多出汗又好烦气，我似乎倒比重庆人更感到重庆的热了。

行

衣食住行，为什么却从行说起呢？我是行客，写的是行记，自然以行为第一。到了重庆，得办事，得看人，非行不可。若是老在屋里坐着，压根儿我就不会到重庆来了。再说昆明市区小，可以走路；反正住在那儿，这回办不完的事，还可以留着下回办，不妨从从容容的，十分忙或十分懒的时候，才偶尔坐回黄包车、马车或公共汽车。来到重庆可不能这么办，路远、天热、日子少、事情多，只靠两腿怎么也办不了。何况这儿的车又方便，何乐而不坐坐呢？

前几年到重庆，似乎坐滑竿最多，其次是黄包车，再次才是公共汽车。那时，重庆的朋友常劝我坐滑竿，因为重庆东到西长，

千厮门嘉陵江大桥

李子坝站

有一圈儿马路，南到北短，中间却隔着无数层坡。滑竿可以爬坡，黄包车只能走马路，往往要兜大圈子。至于公共汽车，常常挤得水泄不通，半路要上下，得费九牛二虎之力，所以那时我总是起点上终点下，回数自然就少。坐滑竿上下坡，一是脚朝天，一是头冲地，有些惊人，但不要紧，滑竿夫倒把得稳。从前黄包车下打铜街那个坡，却真有惊人的招儿，车夫身子向后微仰，两手紧压着车把，不拉车而让车子推着走，脚底下不由自主地忽紧忽慢，看去有时好像不点地似的，但是一个不小心，压不住车把，车子会翻过去，那时真的是脚不点地了，这够险的。所以，后来黄包车禁止走那条街，滑竿现在也限制了，只准上坡时坐。可是公共汽车却大进步了。

这回坐公共汽车最多，滑竿最少。重庆的公共汽车分三类。一是特别快车，只停几个大站，一律二十五元，从哪儿坐到哪儿都一样，有些人常拣那候车人少的站口上车，兜个圈子回到原处，再向目的地坐。这样还比走路省时省力，比雇车省时省力省钱。二是专车，只来往政府区的上清寺和商业区的都邮街之间，也只停大站，也是二十五元。三是公共汽车，站口多，这回没有位，好像一律十五元，这种车比较慢，行客要的是快，所以我没有坐。慢固然是因为停得多，更因为等得久。重庆公共汽车，现在很有秩序了，大家自动地排成单行，依次而进。座位满人，卖票人便宣布还可以挤几个，意思是还可以"站"几个。这时愿意站的可以上前去，不妨越次，但是还得一个跟一个"挤"满了。卖票人宣布停止，叫等下次车，便关门吹哨子走了。公共汽车站多价贱，排班老是很长，在腰站上，一次车又往往上不了几个，因此一等就是二三十分钟，行客自然不能那么耐着性儿。

衣

....

再就是我要说的这两年至少在重庆风行的夏威夷衬衫，简称夏威夷衫，最简称夏威衣。这种衬衫创自夏威夷，就是檀香山，原是一种土风。夏威夷岛在热带，译名虽从音，似乎也兼义。夏威自然只宜于热天，只宜于有"夏威"的地方，如中国的重庆等。重庆流行夏威衣却似乎只是近一两年的事。去年夏天一位朋友从重庆回到昆明，说是曾看见某首长穿着这种衣服在别墅的路上散步。虽然在黄昏时分，我的这位书生朋友总觉得不太像样子。今年我却看见满街都是的，这就是所谓上行下效吧。

夏威衣翻领像西服的上装，对襟面袖，前后等长，不收底边，还开衩儿，比衬衫短些。除了翻领，简直跟中国的短衫或小衫一般无二。但短衫穿不上街，夏威衣却可堂哉皇哉在重庆市中走来走去。那翻领是具体而微的西服，不缺少洋味，至于凉快，也是有的。夏威衣的确比衬衫通风；而且看起来飘飘然，让人心上也爽利。重庆的夏威衣五光十色，好像白绸子黄卡机居多，土布也有，绸的便更见其飘飘然，配长裤的好像比配短裤的多一些。在人行道上有时通过三五个穿夏威衣的人，一阵飘过去似的，倒也别有风味，参差零落就差点劲儿。夏威衣在重庆似乎比皮夹克还普遍些，因为便宜得多，但不知是否也会像皮夹克那样上品。

到了成都时，宴会上遇见一位从上海新来的青年衬衫短裤入门，却不喜欢夏威衣(他说上海也有)，说是无礼貌。这可是在成都。重庆人大概不会这样想吧。

1944 年 9 月 7 日作

读与思

《重庆行记》是一篇见闻随笔，由"热""行""衣"三个方面介绍朱自清短暂停留重庆时的所见所感，展示了20 世纪 40 年代的重庆在"快拍子"生活中的民俗风情。

我们可以从"热"这个片段中读出被称为全国三大"火炉城市"之一的重庆山高路陡、天气炎热的特点。重庆还有哪些特点？你是从哪些片段中品味出来的？

群文探究

1. 重庆的过江索道、环山之雾和依山傍水的吊脚楼都与重庆的地势有关，请你查阅一下相关资料，举例说说类似的现象。

绘图：张达（重庆市辅仁中学校）

2. 或许你来过或就在重庆，或许你读过或听说过重庆，或许……重庆在你的心中一定有它独特的样子，请你画一画。

第四章　古诗里的重庆

重走古诗路，思君下渝州。

巴渝文化源远流长。自古以来，许多文人墨客在重庆留下了千古传诵的诗篇。无论是李白的"朝辞白帝彩云间"，还是李商隐的"却话巴山夜雨时"，都足以印证重庆诗词文化的丰厚底蕴。

这些诗歌背后有着怎样的故事？那些历代文人吟诵过的地方，今天发生了怎样的变化？

扫码立领
★ 名师朗读
★ 美文微课
★ 城市印象
★ 老城记忆

蜀道难·其二

◎ [南北朝] 萧 纲

巫山七百里，巴水三回曲^①。
笛声下复高，猿啼^②断还续^③。

注释

①三回曲：形容水流弯曲。
②猿啼：猿猴的啼叫。
③断还续：断了又接续，断断续续。

读与思

　　蜀道之难，世人皆知。这首诗与其他诗人笔下的《蜀道难》不同，轻点蜀道的难与险，重写与蜀道曲折相类似的情绪。

　　萧纲的《蜀道难》表达了内心深处的浪漫情绪。搜集其他诗人的《蜀道难》，比较一下，它们有什么不同。

夜雨寄北

◎ [唐] 李商隐

君问归期未有期，巴山①夜雨涨秋池②。

何当③共剪西窗烛④，却话巴山夜雨时。

注释

①巴山：指大巴山。这里泛指巴蜀一带。

②秋池：秋天的池塘。

③何当：什么时候。

④剪西窗烛：剪烛，剪去燃焦的烛芯，使灯光明亮。这里形容深夜秉烛长谈。

读与思

　　这首诗第一句一问一答，先停顿后转折，跌宕有致，极富表现力。

　　你能联系生活展开想象，将"巴山夜雨涨秋池"的画面和同伴说一说吗？

峨眉山月歌

◎[唐]李 白

峨眉山①月半轮秋②，影③入平羌④江水流。
夜⑤发⑥清溪⑦向三峡⑧，思君不见下渝州⑨。

注释

①峨眉山：在今四川峨眉县西南。

②半轮秋：半圆的秋月，即上弦月或下弦月。

③影：月光的影子。

④平羌：即青衣江，在峨眉山东北。

⑤夜：今夜。

⑥发：出发。

⑦清溪：指清溪驿，在峨眉山附近。

⑧三峡：指长江瞿塘峡、巫峡、西陵峡，今在重庆市和湖北省的交界处。

⑨渝州：治所在巴县，今重庆一带。

读与思

全诗连用五个地名，通过山月和江水展现了一幅千里蜀江行旅图。诗仙李白因不同时期的人生际遇而有不同的感受。

诵读这首诗，再查阅资料，体会一下本诗中李白的情感与其他诗中有何不同。

登　高

◎[唐]杜　甫

风急天高猿啸哀，渚①清沙白鸟飞回。

无边落木②萧萧下，不尽长江滚滚来。

万里③悲秋常作客④，百年⑤多病独登台。

艰难苦恨繁霜鬓⑥，潦倒⑦新停浊酒杯。

注释

①渚：水中的小块陆地。

②落木：指秋天飘落的树叶。

③万里：指远离故乡。

④常作客：长期漂泊他乡。

⑤百年：这里借指晚年。

⑥繁霜鬓：像浓霜一样的鬓发。

⑦潦倒：衰颓，失意。这里指衰老多病，志不得伸。

读与思

此诗是杜甫携妻儿离开成都，辗转来到夔州（今奉节）时所作。杜甫通过登高目睹了深秋时节夔州的雄浑辽阔，倾诉了长年漂泊、老病孤愁的复杂感情。

此诗中写了夔州的哪几种景物？试着将诗中的秋景与自己家乡的秋景对比一下吧！

群文探究

1.孔子云："兴于诗，立于礼，成于乐。"关于重庆的这些诗歌中，哪一处巴渝美景打动了你？请你画下来，并配上相应的诗句。

2.巴渝十二景是重庆美景之精华：金碧流香、黄葛晚渡、桶井峡猿、歌乐灵音、云篆风清、洪崖滴翠、海棠烟雨、字水宵灯、华蓥雪霁、缙岭云峡、龙门浩月、佛图夜雨。这些美丽的景色令诗人们流连忘返。你对哪几处最感兴趣？查阅资料，制作你的专属巴渝美景名片吧！

名称：

位置：

美景关键词：

名称：

位置：

美景关键词：

第五章　雾都生活

清和四月巴山路，定有行人忆六桥。

　　重庆是一座充满生活气息的城市，在不同作家笔下更呈现出不同的风貌。让我们跟随陪都时期的重庆脚步，一起走进他们的生活。

⬚ 扫码立领

★ 名师朗读
★ 美文微课
★ 城市印象
★ 老城记忆

五五早起书怀

◎张恨水

张恨水

七年前的五四，我一家，几乎没被炸死烧死。五五天不亮，我护送着妻儿离开重庆市区。我知道渡江不易，由七星岗倒走向两路口，取道浮图关下的山路走向菜园坝。大街上，店户闭着门，穷苦百姓挑着行李，提着包袱，全不作声。人像水一样，向市区外流。一路脚步擦着路面声。看任何人的脸子，全被忧愁所笼罩。我惊于空袭对人的心理上作用之大。我知道国家抗战之苦，我更知道，这不过是一点小的空袭，若一个国家整个被打垮了，敌军兵临城下的时候，那又是什么景象？

我们在山上一看江滩上待渡的人，万头攒动，像一块乌云，像一片蚂蚁。这如何能过江？万一敌机这时到了，那事真不能想象。因之我越发倒走，尽量离开市区。在坟堆的槐树林下，遇到一位挑江水的。我们花两毛钱（至少值现时一千元）要了一瓢冷水，站着互递了洗脸漱口。所有洗脸用具，只有妻的一条手绢，完全代表。我们各喝一口冷水，递流而行。离开码头四五里，在木筏外面，有一批小船。我看四周还无抢渡的群众，我以川语高呼："我们是跳警报的。哪个渡我们过河？我出五元钱。"这是个可惊的数目，当日可以买到五斗米。一个渔夫，懒洋洋地从船

篷下伸头望了我们一下，他带了笑说："再多出两元，要不要得？"
我没有犹豫，立刻说声："就是吗！"踏过六七十米的一片木筏，
我们上了船。二十分钟后，我们到了南岸的沙滩上。跑了一夜警
报的妻，始终面如死灰，这时对我微微一笑，问："脱离危险区
了吗？"我竟是把妻当成了朋友，热烈地握着她的手说："我们
相庆更生了。"抬头一看，一片蔚蓝色的天，悬着一轮火样的烈
日。重庆在隔江山上，簇拥着千家楼阁像死去了的东西，往下沉，
往下沉。天空里兀自冒着几丛烧余不尽的黑烟。对岸几片江滩，
人把地全盖住了。呼唤声和悲泣声，隐隐可闻。江流浩浩，无声
地流去，水上已没有渡轮，偶然有一只小船过江，上面便是人堆。
人堆在黄色的水面上悄悄地移动。

　　这日，妻正向我学诗，不知她套着哪本书上的成句，告诉我
说："愿我有生年，不忘今日惨。"她眼圈儿一红，看了一眼孩子，
牵着我的衣服。

　　我恨了日本人七年。七年后的五五，我和妻相隔三四千米，纪念着这个惨痛的日子。早起，我孤独地站在院子里，有点惘然。……

　　老槐树上，一架航机，轰然飞过。之前怕听的马达声，我已经不怕了，算是我获得的胜利。我惘然什么？

读与思

　　本文是张恨水在抗战胜利东归后，远望巴山，深切怀念重庆而写的一篇散文。在当时，面对侵华日军的疲劳轰炸，"躲飞机"成了重庆人日常生活的常态。

　　有人从这篇文章中读出了重庆当时的满目疮痍和重庆人民在炮火中越炸越勇的顽强信念。你读出了怎样的感受呢？

去年今日别巴山

◎张恨水

去年今日（十二月二日），我开始离开侨居七年的重庆。当日冒着风雨渡江，夜宿南岸海棠溪。"海棠溪"这个名词，多么富有诗意呀！况是风雨海棠溪呢！其实那里是毫无足取的，只是重庆对江，一个公路站起点。西边一片黄草童山，护着一条水泥面的路，直到江滩。东边是一群乱七八糟的民房，夹着一条小街。车站旁边，两面童山，带着一片坟堆和一些歪倒的民房，夹了一条秽水沟，在很深的土谷里流向长江，实在找不到一点诗意。

不过这天我带家小到了海棠溪，却是悲喜交集，说不出来是一种什么滋味。我家住南温泉六年多，城乡来去，必须在海棠溪上下公共汽车。车站员工，几乎无人不熟。这次上车，变了长途，直赴贵阳。我从此离开四川，也就离开六年来去的海棠溪。久客之地，成了第二故乡。说到离开，倒有些舍不得似的。

这晚，正值斜风细雨。我走出旅馆，站在江边码头上。风吹着我的衣襟和头发，增加了一种凄凉意味，满眼烟雾凄迷，看不到什么。深陷在两岸下的扬子江空荡荡的一片黑影。隔岸重庆，一家屋影不见，只是烟雨中万点灯火像堆大灯塔，向半空里层层堆起。我暗喊着梦里的重庆，从此别了。这烟雨灯火中，多少我的朋友啊。当时得诗一律：

壮年入蜀老来归，老得生归哭笑齐。

八口生涯愁里过，七年国事雾中迷。

虽逢今夜巴山雨，不怕明春杜宇啼。

隔水战都浑似梦，五更起别海棠溪。

读与思

　　张恨水一度自称"重庆客"，重庆是他的第二故乡。临别之际，张恨水夜宿海棠溪，当时他是一种怎样的心情呢？

　　张恨水在重庆八年期间写下的百余万字的作品，大都取材于重庆本地。请你查找资料，了解他在重庆的生活，再从他的作品中体会点点滴滴的生活气息吧。

谢谢重庆（节选）

◎丰子恺

抗战胜利前一年的中秋，我住在重庆沙坪坝的"抗建式"小屋内。当夜月明如昼，我家十人团聚。我庆喜之余，饮酒大醉，没有赏月就酣睡了。次晨醒来，在枕上填一曲打油词。其词曰：

> 七载飘零久。喜巴山客里中秋，全家叙首。去日孩童皆长大，添得娇儿一口。都会得奉觞进酒。今夜月明人尽望，但团圆骨肉几家有？天于我，相当厚。　故园焦土蹂躏后，幸联军痛饮黄龙，快到时候。来日盟机千万架，扫荡中原暴寇。便还我河山依旧。漫卷诗书归去也，问群儿恋此山城否？言未毕，齐摇手。
>
> （《贺新凉》）

我向来不填词，这首打油词，全是偶然游戏；况且后半夸口狂言，火气十足，也不过是"抗战八股"之一种而已，本来不值得提及。岂知第二年的中秋，我国果然胜利。我这夸口狂言竟成了预言。我高兴得很，用宣纸写这首词，写了不少张，分送亲友，为胜利助

丰子恺创作的《贺新凉》词

丰子恺

喜，自己留下一张，贴在室内壁上，天天观赏。

起初看壁上的词，读读后面一段，觉得心情痛快。后来越读越不快了。过了几个月，我把这张字条撕去，不要再看了！为什么呢？因为最后几句，与事实渐渐发生冲突，使我读了觉得难为情。

最后几句是："漫卷诗书归去也，问群儿恋此山城否？言未毕，齐摇手。"岂知胜利后数月内，那些"劫收"的丑恶、物价的飞涨、交通的困难，以及内战的消息，把胜利的欢喜都消除殆尽了。我不卷诗书，无法归去；而群儿都说："还是重庆好。"在这种情况之下，我重读那几句词句，觉得无以为颜。我只得苦笑着说："我填错了词，应该是'言未毕，齐点首'。"

古人有警句云："不为无益之事，何以遣有涯之生？"（清项忆云语）这句话看似翻案好奇，却含有人生的至理。无益之事，就是不为利害打算的事，就是由感情、意气、趣味的要求而做的事。我离开重庆而返杭州，正是感情、意气、趣味的要求，正是所谓"无益之事"。我幸有这一类的事，才能排遣我这"有涯之生"。

"漫卷诗书归去也，问群儿恋此山城否？言未毕，齐摇手。"其实并非厌恶这山城，只是感情、意气、趣味所发生的豪语而已。凡人都爱故乡。外国语有 nostalgia 一语，译曰"怀乡病"。中国古代诗文中，此病尤为流行。"去国怀乡"，自古叹为不幸事。今后世界交通便捷，人的生活流动，"乡"的观念势必逐渐淡薄，而终至于消灭；到处为家，根本无所谓"故乡"。然而我们的血管里，还保留着不少"怀乡病"的细菌。故客居他乡，往往要发

丰子恺创作的漫画《胜利之夜》

牢骚，无病呻吟。尤其像我这样，被敌人的炮火所逼，放逐到重庆来的人，发点牢骚，正是有病呻吟。岂料呻吟之后，病居然好了，十年不得归去的故乡，居然有一天可以让我归去了！因此，不管故园已成焦土，不管交通如何困难，不管下江生活如何昂贵，我一定要辞别重庆，遄返江南。

重庆的临去秋波，非常可爱！那正是清和的四月，我卖脱了沙坪坝的小屋，迁居到城里凯旋路来等候归舟。"凯旋路"这名词已够好了，何况这房子站在山坡上，开窗俯瞰嘉陵江，对岸遥

嘉陵江

望海棠溪。山光水色，赏心悦目。晴明的重庆，不再有警报的哭声，只有"炒米糖开水""盐茶鸡蛋"的节奏的叫唱。这真是一个可留恋的地方。可惜如马一浮先生所说："清和四月巴山路，定有行人忆六桥。"我苦忆六桥，不得不离开这清和四月的巴山而回到杭州去。临别满怀感激之情！数年来全靠这山城的庇护，使我免于披发左衽，谢谢重庆！

1947 年元旦脱稿

读与思

在重庆居住的三年多时间里，丰子恺及其家人从"不恋山城"转变为"谢谢重庆"。作者在不同时间和不同生活环境下，对《贺新凉》这首词最后几句的填词有截然不同的感受。请你对比着诵读，进一步感受丰子恺的重庆时光。

群文探究

1. 抗战期间，许多学者初来重庆时极不适应这里的生活，因为他们要面临日机的轰炸、闷热的夏天、拥挤的住房、匮乏的物资等。可是，他们最后要离开重庆时，又是那样地不舍。请你结合资料，举例说说产生这些情感变化的原因是什么。

2. 冰心把在歌乐山居住过的地方称为"潜庐"，丰子恺当时在重庆住的地方叫"沙坪小屋"。你的家乡又有哪些文化名人的故居？请调查清楚并记录在下面。再去这些文化名人的故居看看，找一找他们的旧时光。

文化名人	居住地	现地址或景区
冰心	潜庐	重庆歌乐山风景区
三毛	三毛故居	重庆南山黄桷垭老街

3. 著名儿童文学作家冰心在《从昆明到重庆》一文中写道她对重庆生活的印象："重庆是忙，看在淡雾里奔来跑去的行人车轿。重庆是挤，看床上架床的屋子。重庆是兴奋，看那新年的大游行，童子军的健壮活泼和龙灯舞手的兴高采烈。"她又写道自己的感受："我渐渐地爱了重庆，爱了重庆的'忙'，不讨厌重庆的'挤'。我最喜欢的还是那些和我在忙中挤中同工的兴奋的人们，不论是在市内，在近郊，或是远远地在生死关头的前线。我们是疲乏却不颓丧，是痛苦却不悲哀。我们沉静地负起了时代的使命，我们向着同一的信念和希望迈进。我们知道那一天，就是我们自己，和全世界爱好正义和平的人们，所共同庆祝的一天将要来到。我们从淡雾里携带了心上的阳光，以整齐的步伐，向东向北走，直到迎见了天上的阳光。"

请你读一读冰心的《从昆明到重庆》全文，并与张恨水的《去年今日别巴山》、丰子恺的《谢谢重庆（节选）》比较一下，看看它们有什么相同之处和不同之处。

第六章　解放碑的钟

三九严寒何所惧，一片丹心向阳开。

提到重庆，大家都会想到解放碑。解放碑究竟有什么特殊之处呢？

让我们一起走近"解放碑"，聆听红岩上绽放的红梅赞歌，体会全民抗战、保家卫国的决心，感受重庆人民心中那永不褪色、代代相传的"红岩精神"。

扫码立领
★ 名师朗读
★ 美文微课
★ 城市印象
★ 老城记忆

囚　歌

◎叶　挺

为人进出的门紧锁着，

为狗爬出的洞敞开着，

一个声音高叫着：

爬出来吧，给你自由！

我渴望着自由，

但我深深地知道——

人的身躯哪能从狗洞子里爬出！

我希望有一天，

地下的烈火，

将我连这活棺材一齐烧掉，

我应该在烈火和热血中得到永生！

绘图：田晓丽（重庆市南岸区天台岗万国城小学校）

读与思

　　解放战争后期，曾在南方局领导下的重庆地下党组织遭到破坏，被捕的共产党员及革命志士多数被集中关押在渣滓洞和白公馆监狱。以许晓轩、江竹筠、王朴、陈然等为代表的革命英烈，以坚如磐石的理想信念、正义凛然的英雄气概经受住了种种酷刑折磨，并为中国人民解放事业献出了宝贵生命，谱写了感天动地的人生壮歌。

　　他们留下的红岩精神，激励着千万同胞，也是中华民族宝贵的精神财富。

我的"自白"书

◎陈　然

任脚下响着沉重的铁镣，
任你把皮鞭举得高高，
我不需要什么自白，
哪怕胸口对着带血的刺刀！

人，不能低下高贵的头，
只有怕死鬼才祈求"自由"；
毒刑拷打算得了什么？
死亡也无法叫我开口！

对着死亡我放声大笑，
魔鬼的宫殿在笑声中动摇；
这就是我——一个共产党员的自白，
高唱凯歌埋葬蒋家王朝。

红岩革命纪念馆

读与思

　　这首诗歌是一个共产党员的自白。陈然以浩然正气，抒发了对国民党反动派和叛徒的蔑视之情，展现了革命者视死如归的英雄气概。

　　你可以再读一读蓝蒂裕的《示儿》、何功伟的《狱中歌声》等诗歌，相信你会有更多的收获。

放火者（节选）

◎萧　红

一

从五月一号那天起，重庆就动了。在这个月份里，我们要纪念好几个日子，所以街上有不少人在游行。街上的人还准备着在夜里举着火炬游行。他们带着民族的信心，排成大队行列沉静地走着。

"五三"的中午，二十六架日本飞机飞到重庆的上空，在人口最稠密的街道上投下燃烧弹和炸弹。那一天就有三条街起了带着硫黄气的火焰。

"五四"那天，日本飞机又带了大量的炸弹，将这些炸弹投到他们上次没有完全毁掉的街上和上次没可能毁掉的街道上。

大火的十天以后，被轰炸街道的那些断墙之下、瓦砾堆中仍冒着烟。人们走在街上用手帕掩着鼻子或者戴着口罩，因为有一种奇怪的气味满街散布着。那怪味并不十分浓厚，但随时都觉得呼吸得到。似乎每人都用过于细微的嗅觉存心嗅到那说不出的气味似的。就在十天以后，发掘的人们还在深厚的灰烬里寻出尸体来。

断墙笔直地站着，在一群瓦砾当中，只有它那么高而又那么完整。人们设法拆掉它、拉倒它，但它站得非常坚强。很远就可以听到几十人在喊着，好像拉着帆船的纤绳，又像抬着重物。

绘图：田晓丽（重庆市南岸区天台岗万国城小学校）

"哎呀……喔呵……哎呀……喔呵……"

走近了看到那里站着一队兵士，穿着绿色的衣裳，腰间挂着他们喝水的瓷杯，他们像出发到前线上去。但他们手里挽着绳子的另一端系在离他们很远的单独的五六丈高站着一动也不动的那断墙上。他们喊着口号一起拉它不倒，连歪斜也不歪斜，它坚强地站着。步行的人停下了，车子走慢了，走过去的人回头了，人们用一种坚强的眼光看着它。

被那声音吸引着，我也回过头去看它，可是它不倒，连动也不动。我就看到了这大瓦场的近边，那高坡上仍旧站着被烤干了

的小树。没有人能够认得出那是什么树。它完全脱掉了叶子，并且变了颜色，好像是用赭色的石头雕成的。靠着小树有一排房子，窗上的玻璃掉了，只剩三五片碎片，在夕阳中闪着金光。走廊的门开着，一切可以看得到。门帘被扯掉了，墙上的镜框在斜垂着。显然在不久之前，人们是在这儿好好地生活着，那墙壁日历上还露着四号的"四"字。

二

街道是哑默的，一切店铺都关了门，在黑大的门扇上贴着白帖或红帖，上面写着退房或搬家。路的两旁偶尔张着席棚或布棚，里面坐着一个苍白着脸色的被吓坏的人，用水盆子在洗刷着弄脏了的胶皮鞋、汗背心、毛巾之类。这些东西是从火中抢救出来的。

在被炸过了的街道，飞尘卷着白沫扫着稀少的行人。行人戴着口罩，或用帕子掩着鼻子。街是哑然的，许多人生存的街被毁掉了，生活秩序被破坏了。饭馆关起了门。

大瓦砾场一个接着一个，前边是一群人在拉着断墙，这使人一看上去就要低下头。无论你心胸怎样宽大，你的心都不能不跳。因为那摆在你面前的是荒凉的，是横遭不测的。那里有千百个母亲和小孩子是吼叫着的，哭号着的。他们嫩弱的生命在火里边挣扎着，他们在用生命和火斗争。但最后生命被谋杀了。那曾经狂喊过的母亲的嘴，曾经乱舞过的父亲的胳膊，曾经发疯般对着火的祖母的眼睛，曾经依偎在妈妈怀里吃乳的婴儿，这些人最后都被火给杀死了。孩子和母亲、祖父和孙儿、猫和狗，都同他们凉台上的花盆一道，倒在火里了。这倒下来的全家，他们没有一个人是战斗人员。

白洋铁壶成串地仍在那烧了一半的房子里挂着，显然是一家洋铁制器店被毁了。洋铁店的后边，单独一座三楼三底的房子立着，它两边都倒下去了，只有它还歪歪趔趔地支撑着。楼梯分做好几段自己躺下去了，横睡在楼脚上。整张的窗子没有了，门扇也看不见了，墙壁被穿了大洞，这个房子像被打破了腹部的人那样可怕地奇怪地立着。但那摆在二楼的木床，仍旧摆着，白色的床单还随着风飘着那只巾角。就在这二十个方丈大的火场上同时也有绳子在拉着一道断墙。

就在这火场的气味还没有停息，瓦砾还会烫手的时候，坐着飞机放火的日本人又要来了，这一天是五月十二号。

警报的笛声到处响起，不论大街或深巷，不论听得到的或听不到的，不论加以防备的或是没有知觉的，都卷在这声浪里了。

那拉不倒的断墙也放手了。前一刻在街上走着的那些行人，现在狂乱了，发疯了，开始跑了，开始喘着。街上还有拉着孩子的人，还有拉着女人的人，还有脸色变白的人。街上像来了狂风一样，尘土都被这惊慌的人群带着声响卷起来了，沿街响着关窗和锁门的声音。街上什么也看不到，只看到跑。我想疯狂的日本法西斯刽子手们，若看见这一刻的时候，他们一定会满足的吧，他们是何等可以骄傲呵，他们可以看见……

三

十几分钟之后，都安定下来了，该进防空洞的进去了，该躲在墙根下的躲稳了。第二次警报（紧急警报）发了。

听到一点声音，而后声音越来越大。我就坐在公园石阶铁狮子附近，这铁狮子旁边坐着好几个老头，大概是因为他们没有力

气挤进防空洞去，而跑也跑不远。

飞机的响声大起来，就有一个老头招呼着我："这边……到铁狮子下边来……"这话他并没有说，我想他是这个意思，因为他向我招手。

为了呼应他的亲切，我去了，蹲在他的旁边。后边高坡上有树，那树叶遮着头顶的天空，所以想看飞机不大方便。但我在树叶的间隙看到飞机了，六架。飞来飞去的总是六架，不知道为什么高射炮也未发，也不投弹。

穿蓝布衣裳的老头问我："看见了吗？几架？"

我说："六架。"

"向我们这边飞……"

"不，离我们很远。"

我说瞎话，我知道他很害怕，因为他刚说过了："我们坐在这儿的都是善人，看面色没有做过恶事，我们良心都是正的……

解放碑

死不了的。"

大批的飞机在头上飞过了，那里三架三架地集着小堆，这些小堆在空中横排着，飞得不算顶高，一共四十几架。高射炮一串一串地发着，红色和黄色的火球像一条长绳似的扯在公园的上空。

四

那老头向着另外的人而后又向我说："看面色，我们都是没有做过恶的人，不带恶相，我们不会死……"

说着他就伏在地上了，他看不见飞机，他说他老了。大概他只能看见高射炮的连串的火球。

飞机像是低飞了似的，那声音沉重了，压下来了。守卫的宪兵喊了一声口令："卧倒！"他自己也就挂着枪伏在水池子旁边了。四边的火光蹿起来，有沉重的爆击声，人们看见半边天是红光。

（有删改）

读与思

从 1938 年开始，侵华日军对重庆及其周边地区进行无差别轰炸。重庆人民在日本侵略者的燃烧弹下艰难生活。

从萧红细微又饱含深情的环境描写中，我们能感受到大轰炸之后断壁残垣的荒凉、亲人死伤的悲戚。作者笔下的那堵墙有什么深刻的含义？从萧红的笔下，你又读出了怎样的重庆？

群文探究

　　解放碑是重庆人民的"精神堡垒"。它在国家危难时屹立在战火之中，鼓舞着中国人民浴血奋战，保家卫国；它在抗战胜利时被人海和鲜花簇拥，见证着重庆人民的伟大胜利；它像饱经沧桑的老人，见证了重庆的前世今生。

　　1.读了这么多关于解放碑的故事，请你向小伙伴们简单介绍一下解放碑的由来和历史意义。

　　2.读一读《红岩》这本书，和小伙伴交流一下应该如何传承红岩精神。

第七章　传说中的老火锅

红汤锅中捞世界，九宫格里定乾坤。

一方水土养育一方人。

重庆素有"美食之都"的美誉。重庆美食既是重庆人民热辣豪爽的性格的体现，更是巴渝文化的世代传承。

扫码立领
★ 名师朗读
★ 美文微课
★ 城市印象
★ 老城记忆

重庆火锅

◎郭沫若

街头小巷子，开个幺店子；
一张方桌子，中间挖洞子；
洞里生炉子，炉上摆锅子；
锅里熬汤子，食客动筷子；
或煲肉片子，或煲菜叶子；
吃上一肚子，香你一辈子。

读与思

　　老重庆，老火锅，老味道。重庆火锅以其麻辣鲜香征服了人们的胃，凭借热辣滚烫俘虏了人们的心。

　　这首打油诗富有趣味性，诙谐幽默，小巧有趣。请你也试着写几句打油诗，介绍一下你家乡的风味美食。

红汤锅中捞世界

在重庆，火锅不仅是一种饮食，还是一种生活方式、一种情感、一种文化现象，更是一门独具特色的技艺。

食材的选择、底料的调配和油碟的制作，是构成重庆火锅的三大要素。重庆火锅的调味料纷繁复杂，既包括上等的牛油、优质的豆瓣、姜、蒜，又包括辣椒和花椒。火锅底料中辣椒、花椒的选择是非常重要的。重庆火锅一般是根据不同产地的辣椒的不同特点，混合使用并发挥其所长。

重庆火锅要麻、辣、鲜、烫、嫩、醇、甘、香，底料就是"底气"。重庆火锅有众多的"锅迷"，说到底还是对这一锅底料的接受和赞美。炒料这道工序是火锅技艺的关键。每家火锅店的味道不尽相同，而秘密在于红油的煎炼和底料的炒制。锅汤卤是重庆火锅的核心，是火锅店的立身之本。油汪汪一锅，橙红油亮，光芒四射，如一轮太阳。细嫩的鸭血、韧脆的毛肚、爽口的黄喉，各种食材不同口感的撞击与麻辣味道混合，抵

达人的味觉巅峰。重庆火锅入烫的食材十分广泛，可谓百料千材。食材的选料只有一个标准，那就是：要货真，要新鲜，要安全。毛肚、鸭肠、鳝鱼、黄喉、鸭血是重庆火锅的基本配置。选料新鲜便是火锅口味上乘的秘籍。

在沸腾的汤汁中经历"七上八下"，便可以体验最地道的鲜美脆爽。

重庆火锅离不开油碟，不管是红汤还是清汤。无论重麻辣还是轻五香，无论老火锅还是新派火锅，小小的油碟扮演着不可或缺的角色。重庆火锅最典型的油碟为香油味碟。香油味碟的主料是人工生产出来的小磨芝麻油，辅以蒜泥，浓香四溢，营养价值高。油碟的作用有三个：一是可以增加火锅的风味，二是能起到降温清热、滋润滑口的作用，三是能消毒杀菌。油碟是重庆火锅的忠实伴侣。

炒一桶底料，熬一锅麻辣，配一碗油碟，众多的食材"前赴后继、赴汤蹈火"，在浓郁香辣的汤汁中华丽转身。鸭肠的脆嫩、肥牛的丰腴、时蔬的鲜甜，无一不让食客大饱口福，尽显重庆美食的无穷魅力。

上好的牛油能够在炒料的过程中释放奇妙的味道，在炉火的灼烧中逐渐融化为通透的基底。特殊的油脂香与豆瓣、花椒、辣椒碰撞出了难以言喻的香气。与麻辣共舞的各种调味料

绘图：赵亮（重庆市第三十九中学校）

在受热过程中被不停地翻转、不断地掌火。这样的翻转已经持续了上百年，将火的变化和流动吸收于底料之中，使滋味达到仪态万千的奇妙境界。火锅调味料经过三四个小时的水深火热的煎熬，已脱胎换骨，"神""色"大变，再把精心熬制的牛骨、鸡骨鲜汤加入。鲜汤与炒料水乳交融。鲜汤中含有丰富的营养成分。在调味料的辅佐下，骨汤的芬芳鲜香也释放得更加充分。各种调味料的脂溶、水溶和脂水共溶的特性，在鲜汤的催动下释放得尽善尽美。在高火锅中的浑厚滋味来自火锅红油。火锅红油不是一种单纯的油脂，而是一种特殊的存在。

重庆火锅在重庆城的角色意识非常突出。它是重庆饮食文化的代表，是重庆美食舞台上耀眼的主角。重庆火锅能自成一格，不是一朝一夕就得来的，而是经过无数人的传承与创造而来的，是许多人智慧的结晶。研究发现，人们的饮食习惯基本上是由人们生存的客观环境所决定的，这既包括了地理位置、水土、气候、物产等诸多自然环境因素，也包括了该地政治、经济、文化、教育等诸多社会环境因素。既然重庆城本身就是一个大火锅，那么在这大熔炉及大都市里，几经迁徙，来自五湖四海、不同长相、不同方言、火

绘图：李宏（四川外语学院重庆第二外国语学校）

辣辣的重庆儿女和谐地相融在一起，一定能把重庆火锅事业做得风生水起！

正是由于重庆大山大川的地理环境养育着这么一批厚重、顽强、勇猛、朴素、自然的人民，才有了璀璨夺目的重庆火锅文化。重庆，这个由大山和大川组成的历史文化名城，以其独特的文化自然而然地托起了重庆火锅的一片朝霞。

读与思

常言道："靠山吃山，靠海吃海。"重庆是江城，是山城，是火城。这"三城"提供了重庆火锅形成的天然条件，更构筑了重庆人的性格特点。

重庆火锅与重庆人的性格有哪些关联呢？请查阅资料，找一找其中的奥秘吧！

麻辣小面

重庆人尚麻辣。重庆美食中集麻辣之大成者，火锅当仁不让。外地人不解，以为重庆人都是在火锅里泡大的。"你们重庆人天天吃火锅，怎么受得了哟？"问这话的人，不算真正了解重庆，至少对重庆的饮食文化没有深入研究。其实，最能代表重庆这座城市的美食，并不是声名鹊起的重庆火锅，而是遍布重庆大街小巷的麻辣小面。

同样是麻辣，重庆火锅热烈、直白、沸腾、气势若虹，犹如邂逅一场轰轰烈烈的爱情，让人死去活来；而麻辣小面则敦厚、

绘图：孙强（重庆市辅仁中学校）

细腻、五味俱陈、绵里藏针，恰似结婚多年的老夫老妻。爱情是不能当饭吃的，所以重庆人吃火锅也是非常克制的，一周最多一次；但亲情却可以相互温暖，所以重庆人对麻辣小面相当依赖，一天不整上一碗，就觉得浑身没劲。

重庆人可以说有小面情结。每天早上洗漱完毕，就急吼吼地冲到楼下街边角落的小面摊，还没有来得及坐端正，就听见老板冲着正在下面的师傅吼道："又来一个二两，重麻辣，少面多菜。"面摊的老板们，充分表现出重庆人聪明能干的一面，对天天光顾的熟客，连吃的习惯都记得一清二楚，省得你每天重复说了。

当然，也有不太熟悉的顾客，或有什么特殊的口味，就需要跟老板交代清楚了。

"老板，起硬点。"

"要得，二两提黄。"

"不要花椒，多放点菜。"

"要得，少麻重青。"

"干溜哟。"

"没得问题……"

读与思

透过文字，你可能已经感受到重庆人与重庆小面密切的依赖关系了。

如果你想了解更多重庆小面的风采，请看纪录片《舌尖上的中国第二季》第七集《三餐》。

江湖菜，是重庆人的菜

　　重庆，是一座有着悠悠千年历史的文化古城，也是中国美食之都。

　　在这里，对麻辣的迷恋流淌在人们的血液里，成为美好生活的一部分。每当夜幕低垂、华灯初上，大街小巷的火锅店、江湖菜馆、小面馆里面，一幕幕美食大戏就会激情上演。巴人"好辛香""尚滋味"的美食传统就会在这饕餮之夜绚烂绽放。

　　重庆，是中国江湖菜的发祥地。重庆江湖菜以麻、辣、鲜、香、烫五大特征遐迩闻名，深受中外人士的喜爱。三十多年前，在乡土文化的哺育下，在两江四岸的喧嚣中，在车水马龙的洪流里，新时期重庆江湖菜横空出世，成为特立独行的地方美食标杆。三十多年来，正是一代代江湖菜传人及重庆人民的精心呵护、执着坚守与智慧创新，成就了重庆江湖菜在中华美食大家族中的独特地位。

　　经过三十多年春夏秋冬的历练和酸甜苦辣的煎熬，重庆江湖菜已成为承载重庆市社会经济发展的强大基石，

绘图：孙强（重庆市辅仁中学校）

成为亮闪闪的重庆城市名片和响当当的重庆饮食文化符号。

江湖菜注定是上天赐予重庆人的宝物。了解到重庆江湖菜的前世今生及文化密码，一种崇敬与自豪的情感就会油然而生，一句由衷的话语就会喷薄而出："江湖菜，是重庆人的菜！"

那么，什么是江湖菜以及重庆江湖菜呢？简而言之，江湖菜即民间菜，就是流行于民间的家乡菜、乡土菜。重庆江湖菜，就是根植于重庆本土，由重庆人发明创造、改良创新，在重庆乃至全国、全世界流行的民间菜。

其实，对江湖菜的具体含义，恐怕没有人能够解释得清楚。不过说不清也没有关系，许多事不说透比说透了更好。不说透似乎更有意味，留下的是一种悬念和猜想，会激发人们的好奇心，让大家去猜想、去行动、去追求。用"江湖菜"来定义民间乡土菜、家常菜，可谓匠心独运。重庆张口就来的江湖菜有来凤鱼、辣子鸡、烧鸡公……

正所谓：每个人心中都有属于自己的江湖，江湖任我们自由体验、慢慢品尝。

读与思

重庆江湖菜是与重庆火锅、重庆小面齐名的一张城市美食名片，它根植于民间，深受重庆人的喜爱。

美食往往与情感相通，重庆的江湖菜也不例外。请查阅重庆江湖菜的相关资料，或实地体验江湖菜，从中你能"品"出什么样的情感呢？

群文探究

1. 一方水土养一方人。重庆的山山水水养育出怎样的重庆人？阅读本组文章后，你对重庆人有什么印象？选上几个关键词，和小伙伴分享一下吧！

2. 美食之魂来自城市性格。通过阅读本组文章，你认为重庆的城市性格又是什么呢？

城市名称：

      重 庆

美食特点：

城市性格：

第八章　三峡七百里

朝辞白帝彩云间，千里江陵一日还。

　　都说三峡美，美在那山和那水。郦道元眼中的三峡雄伟峭拔，刘白羽眼中的三峡富有人生哲理。你眼中的三峡又是什么样的呢？
　　让我们随着滔滔江水，走进多彩的三峡，去领略它的神奇魅力。

扫码立领
★ 名师朗读
★ 美文微课
★ 城市印象
★ 老城记忆

三　峡

◎［北魏］郦道元

三峡七百里中，两岸连山，略无阙处。重岩叠嶂，隐天蔽日。自非亭午夜分，不见曦月。

至于夏水襄陵，沿溯阻绝。或王命急宣，有时朝发白帝，暮到江陵，其间千二百里，虽乘奔御风，不以疾也。

春冬之时，则素湍绿潭，回清倒影。绝巘多生怪柏，悬泉瀑布，飞漱其间，清荣峻茂，良多趣味。

每至晴初霜旦，林寒涧肃，常有高猿长啸，属引凄异，空谷传响，哀转久绝。故渔者歌曰："巴东三峡巫峡长，猿鸣三声泪沾裳。"

译文

　　在三峡七百里之间，两岸都是连绵的高山，完全没有中断的地方。悬崖峭壁重峦叠嶂，遮挡了天空和太阳。如果不是正午，就看不见太阳；如果不是半夜，就看不见月亮。

　　等到夏天，江水漫上山陵的时候，上行和下行船只的航路都被阻断，无法通行。有时皇帝的命令要紧急传达，这时只要早晨从白帝城出发，傍晚就到了江陵，这中间有一千二百里，即使骑乘奔驰的快马，驾着风，也不如船快。

　　等到春天和冬天的时候，就可以看见白色的急流、碧绿的潭水、回旋的清波倒映着各种景物的影子。极高的山峰上生长着许多奇形怪状的松柏，山峰间悬泉瀑布飞流冲荡。水清，树荣，山峻，草盛，确实趣味无穷。

　　每逢初晴的日子或者下霜的早晨，树林和山涧就呈现出一片清凉和寂静的景色。常常有猿猴在高处拉长声音鸣叫，声音持续不断，显得非常凄惨悲凉。在空荡的山谷里传来猿叫的回声悲哀婉转，很久才消失。所以，三峡渔民的歌谣唱道："巴东三峡巫峡长，猿鸣三声泪沾裳。"

绘图：李宏（四川外语学院重庆第二外国语学校）

读与思

作者先写山，后写水，布局自然，思路清晰。写水则分不同季节分别着墨。在文章的节奏上，也是动静相生，摇曳多姿。高峻的山峰，汹涌的江流，清澈的碧水，飞悬的瀑布，哀转的猿鸣，悲凉的渔歌，构成了一幅幅风格迥异而又自然和谐的画面，给人留下深刻的印象。

作者抓住景物的特点进行描写。写山，突出其连绵不断、遮天蔽日的特点。写水，则描绘其不同季节的不同景象。夏天，江水漫上丘陵，来往的船只都被阻绝了。春冬之时，白色的急流、碧绿的潭水、回旋的清波、美丽的倒影，使人禁不住赞叹"良多趣味"。而到了秋天，那凄凉的哀鸣持续不断，在空旷的山谷里"哀转久绝"。三峡的奇异景象，被描绘得淋漓尽致。作者用不多的笔墨写出了三峡雄奇险拔、清幽秀丽的特点。

长江三日（节选）

◎刘白羽

十一月十八日

在信中，我这样叙说："这一天，我像在一支雄伟而瑰丽的交响乐中飞翔。我在海洋上远航过，我在天空中飞行过，但在我们的母亲河流长江上，第一次被这样一种大自然的威力所吸引了。"

我在蒙眬中听见广播说，到了奉节。"江津号"停泊时，天已微明。起来看了一下，峰峦刚刚从黑夜中显露出一片灰蒙蒙的

轮廓。启碇续行，我来到休息室里。只见前边两面悬崖绝壁，中间一条狭长的江面，船已进入瞿塘峡了。江随壁转，前面天空上露出一片金色阳光，像横着一条金带，其余天空各处还是云海茫茫。瞿塘峡口为三峡最险处。杜甫《夔州歌》云："白帝高为三峡镇，瞿塘险过百牢关。"古时歌谣说："滟滪（yàn yù）大如马，瞿塘不可下；滟滪大如猴，瞿塘不可游；滟滪大如龟，瞿塘不可回；滟滪大如象，瞿塘不可上。"这滟滪堆指的是一堆黑色巨礁。它对准峡口。万水奔腾，冲进峡口，便直奔巨礁而来，你可想象得到那真是雷霆万钧。船如离弦之箭，稍差分厘，便会撞个粉碎。现在，这巨礁早已被炸掉。不过，瞿塘峡中依然激流澎湃，涛如雷鸣，江面形成无数漩涡。船从漩涡中冲过，只听得一片哗啦啦的水声。过了八公里长的瞿塘峡，乌沉沉的云雾突然隐去，峡顶上一道蓝天，浮着几小片金色浮云，一注阳光像闪电样落在左边峭壁上。右面峰顶上一片白云像银片样发亮了，但阳光还没有降临。这时，远远前方，层峦叠嶂之上，迷蒙云雾之中，忽然出现一团红雾。你看，绛紫色的山峰衬托着这一团雾，真是美极了，就像那深谷之中反射出红色宝石的闪光，令人仿佛进入了神话境界。这时，你朝江流上望去，也是色彩缤纷：两面巨崖，倒影如墨；中间曲曲折折，却像有一条闪光的道路，上面荡着细碎的波光；近处山峦，则碧绿如翡翠。时间一分钟一分钟过去，前面那团红雾更红更亮了。船越驶越近，渐渐看清有一高峰亭亭笔立于红雾之中，渐渐看清那红雾原来是千万道强烈的阳光。八点二十分，我们来到这一片晴朗的金黄色的朝晖之中。

抬头望处，已到巫山。上面阳光垂照下来，下面浓雾滚涌上去，云蒸霞蔚，颇为壮观。刚从远处看到那个笔直的山峰，就站在巫

峡口上，山如斧削，隽秀婀娜。人们告诉我，这就是巫山十二峰的第一峰。它仿佛在招呼上游来的客人说："你看，这就是巫山巫峡了。""江津号"紧贴山脚进入峡口。红通通的阳光恰在此时射进玻璃厅中，照在我的脸上。峡中，强烈的阳光与乳白色云雾交织在一处，数步之隔，这边是阳光，那边是云雾，真是神妙莫测。几只木船从下游上来，帆篷给阳光照得像透明的白色羽翼。山峡却越来越狭，前面两山对峙，看上去连一扇大门那么宽也没有，而门外完全是白雾。

　　八点五十分，满船人都在仰头观望。我也跑到甲板上来，看到万仞高峰之巅，有一细石耸立，如一人对江而望，那就是充满神奇缥缈传说的美女峰了。据说一个渔人在江中打鱼，突遇狂风暴雨，船覆灭顶。他的妻子抱着小孩从峰顶眺望，盼他回来，一天一天，一月一月，他终未回来，而她却依然不顾晨昏，不顾风雨，

站在那儿等候着他，至今还在那儿等着他呢。

如果说瞿塘峡像一道闸门，那么巫峡简直像江上一条迂回曲折的画廊。船随山势左一弯，右一转，每一曲，每一折，都向你展开一幅绝好的风景画。两岸连绵不断，山势奇绝，巫山十二峰各有各的姿态。人们给它们以很高的评价和美的命名，使我们的江山增加了诗意。而诗意又是变化无穷的：突然是深灰色石岩从高空直垂而下，浸入江心，令人想到一个巨大的惊叹号；突然是绿茸茸的草坂，像一支充满幽情的乐曲；特别好看的是悬崖上那一堆堆被秋霜染得红艳艳的野草，简直像是满山的杜鹃。峡急江陡，江面布满大大小小的漩涡，船只能缓缓行进，像一个在崇山峻岭之间慢步前行的旅人。但这正好使远方来的人有充裕时间欣赏这莽莽苍苍、浩浩荡荡长江上大自然的壮美。苍鹰在高峡上盘旋，江涛追随着山峦激荡，山影云影，日光水光，交织成一片。

读与思

　　游记中的长江波涛汹涌，三峡奇伟壮丽。作者游览了三峡中的两处，你知道是哪两处吗？

　　作者用浓艳的画笔，描绘出一幅色彩斑斓的长江油画，热情讴歌了深邃的革命哲理。请你读一读《长江三日》原文，从中去感受作者如何落墨于山河画卷，却处处着眼于哲理的诠释。

初冬过三峡

◎萧 乾

一

听说船早晨十点从奉节入峡，九点多钟我揣了一份干粮爬上一道金属小梯，站到船顶层的甲板上了。从那时候起，我就跟天、水以及两岸的巉岩峭壁打成一片，一直伫立到天色昏暗，只听得见成群的水鸭子在江面上啾啾私语却看不见它们的时候，才回到舱里。在初冬的江风里吹了将近九个钟头，脸和手背都觉得有些麻木臃肿了，然而那是怎样难忘的九个钟头啊！我一直都像是在变幻无穷的梦境里，又像是在听一阕奔放浩荡的交响乐章：忽而妩媚，忽而雄壮；忽而阴森逼人，忽而灿烂夺目。

整个大江有如一环环接起来的银链，每一环四壁都是遮天蔽日的峰峦，中间各自形成一个独特天地，有的椭圆如琵琶，有的长如梭。走进一环，回首只见浮云衬着初冬的天空，自由自在地游动，下面众峰峥嵘，各不相让，实在看不出船是怎样硬从群山的缝隙里钻过来的。往前看呢，山岚弥漫，重岩叠嶂。有的如笋如柱，直插云霄，有的像彩屏般森严大方地屹立在前，挡住去路。天又晓得船将怎样从这些巨汉的腋下钻出去！

那两百公里的水程用文学作品来形容，正像是一出情节惊险、故事曲折离奇的好戏，这一幕包管你猜不出下一幕的发展，文思如此之绵密，而又如此之突兀，它迫使你非一口气看完不可。

出了三峡，我只有力气说一句话："这真是自然之大手笔。"晚餐桌上，我们拿它比过密西西比河，也比过从阿尔卑斯山穿过的一段多瑙河，越比越觉得祖国河山的奇瑰，也越体会到我们的诗词绘画何以那样峻拔奇伟，气势万千。

绘图: 李宏(四川外语学院重庆第二外国语学校)

二

没到三峡以前，只把它想象成岩壁峭绝，不见天日。其实，太阳这个巧妙的照明师不但利用出峡入峡的当儿，不断跟我们玩着捉迷藏；它还会在壁立千仞的幽谷里，忽而从峰与峰之间投进一道金晃晃的光柱，忽而它又躲进云里，透过薄云垂下一匹轻纱。

早年读书时候，对三峡的云彩早就向往了，这次一见，果然是不平凡。过瞿塘峡，山巅积雪跟云絮几乎羼（chàn）在一起，明明是云彩在移动，恍惚间却觉得是山头在走。过巫峡，云渐成朵，忽聚忽散，似天鹅群舞，在蓝天上织出奇妙的图案。有时候云彩又呈一束束白色的飘带，它似乎在用尽一切轻盈婀娜的姿态来衬托四周叠起的重岭。

初入峡，颇有逛东岳庙时候的森懔之感。四面八方都是些奇而丑的山神，朝自己扑奔而来。两岸斑驳的岩石如巨兽伺伏，又似正在沉眠。山峰有的作蝙蝠展翅状，有的如尖刀倒插，也有的似引颈欲鸣的雄鸡，就好像一位魄力大、手艺高的巨人曾挥动千钧巨斧，东斫西削，硬替大江斩出这道去路。岩身有的作绛紫色，有的灰白杏黄间杂。著名的"三排石"是浅灰带黄，像煞三堵断垣。仙女峰作杏黄色，峰形尖如手指，真是瑰丽动人。

尽管山坳里树上还累累挂着黄澄澄的广柑，峰巅却见了雪。大概只薄薄下了一层，经风一刮，远望好像楞楞可见的肋骨。巫峡某峰，半腰横挂着一道灰云，显得异常英俊。有的山上还有闪亮的瀑布，像银丝带般蜿蜒飘下。也有的虽然只不过是山缝儿里淌下的一道涧流，可是在夕阳的映照下，却也变成了金色的链子。

船刚到夔（kuí）府峡，望着屹立中流的滟滪（yàn yù）堆，就不能不领略到三峡水势的险巉（chán）了。从那以后，江面不断出现这种拦路的礁石。勇敢的人们居然还给这些暗礁起了动听的名字：如"头珠石""二珠石"。这以外，江心还埋伏着无数险滩，名字也都蛮漂亮。过去不晓得多少生灵都葬身在那里了。现在尽管江身狭窄如昔，却安全得像个秩序井然的城市。江面每个暗礁上面都浮起红色灯标，船每航行到瓶口细颈处，山角必有个水标站，门前挂着各种标记，那大概就相当于陆地上的交通警。水浅的地方，必有白色的报航船，对来往船只报告水位。傍晚，还有人驾船把江面一盏盏的红灯点着，那使我忆起老北京的路灯。

每过险滩，从船舷俯瞰，江心总像有万条蛟龙翻滚，漩涡团团，船身震撼。这时候，水面波纹圆如铜钱，乱如海藻，恐怖如陷阱。为了避免搁浅，穿着救生衣的水手站在船头的两侧，用一根红蓝相间的长篙不停地试着水位。只听到风的呼啸、船头跟激流的冲撞和水手报水位的喊声。这当儿，驾驶台一定紧张得很了。

船一声接一声地响着汽笛，对面要是有船，也鸣笛示意。船跟船打了招呼。于是，山跟山也对话起来了，声音辽远而深沉，像是发自大地的肺腑。

三

最令人惊心动魄的是激流里的木船。有的是出来打鱼的，有的正把川江的橘麻往下游运。彪悍的船夫就驾着这种弱不禁风的木船，沿着嶙峋的巉岩，在江心跟汹涌的漩涡搏斗。船身被风刮得倾斜了，浪花漫过了船头，但是勇敢的桨手们还在劲风里唱着号子歌。

这当儿，一声汽笛，

轮船眼看开过来了。木船赶紧朝江边划。轮船驶过，在江里翻滚的那一万条蛟龙变成十万条了，木船就像狂风中的荷叶瓣那样横过来倒过去地颠簸动荡。不管怎样，桨手们依旧唱着号子歌，逆流前进。他们征服三峡的方法虽然是古老过时的，但他们毕竟还是征服者。

三峡的山水叫人惊服，更叫人惊服的是沿峡劳动人民征服自然，谋取生存的勇气和本领。在那耸立的峭壁上，依稀可以辨出千百层细小石级，蜿蜒交错。有时候重岩绝壁上垂下一道长达十几丈的竹梯，远望宛如什么爬虫在巉岩上蠕动。上面，白色的炊烟从一排排茅舍里袅袅上升。用望远镜眺望，还可以看到屋檐下晒的柴火、腊肉或渔具，旁边的土丘大约就是他们的祖茔。峡里还时常看见田垄和牲口。在只有老鹰才飞得到的绝岩上，古代的人们建起了高塔和寺庙。

船到南津关，岸上忽然出现了一片完全不同的景象：山麓下搭起一排新的木屋和白色的帐篷。这时候，一簇年轻小伙子正在篮球架子下面嘶嚷着，抢夺着。多么熟稔的声音啊！我听到了筑路工人铿然的铁锹声，也听到更洪亮的炸石声。赶紧借过望远镜来一望，镜中出现了一张张充满青春气息的笑脸。多巧啊，电灯在这当儿亮了。我看见高耸的钻探机。

原来这是个重大的勘察基地，岸上的人们正是历史奇迹的创造者。他们征服自然的规模更大、办法更高明了。他们正设计在三峡东边把口的地方修建一座世界最大的水电站，一座可以照耀半个中国的水电站。三峡将从蜀道上一道险峻的关隘，变成幸福的源泉。

山势渐渐由奇伟而平凡了，船终于在苍茫的暮色里，安全出了峡。从此，漩涡消失了，两岸的峭岩消失了，江面温柔广阔，酷似一片湖水。轮船转弯时，衬着暮霭，船身在江面轧出千百道金色的田垄，又像有万条龙睛鱼在船尾并排追踪。

江边的渔船已经看不清楚了，天水交接处，疏疏朗朗只见几根枯苇般的桅杆。天空昏暗得像一面积满尘埃的镜子，一只苍鹰此刻正兀自在那里盘旋。它像是在寻思着什么，又像是对这片山川云物有所依恋。

读与思

读了文章，我们好像看到一位老人坐在小酒馆里述说他初冬时节游历三峡的故事。妩媚的云彩、险峻的山峰、奔腾的激流，刻画出三峡庄严秀丽、气象万千的特点。

三峡大坝开始蓄水后，三峡风光又发生了什么变化呢？快去探寻一番吧！

三　峡

◎方　敬

山自在，
水自流，
人自行舟。

神女凝望着水，
万里水奔流不断；
神女凝望着山，
万重山岿然不动；
神女的船，
揭开云雨的面纱，
要向神女细看。
一个仰视，
一个俯瞰。

水劈开了山，
山峡巍然，
千座滩万道湾。
崔嵬蜿蜒的峻岭崇山，

壮志在绝壁悬崖；

惊险迂曲的骇浪狂澜，

豪情在涡漩急湍；

三峡的水，三峡的山，

萧森、庄严、邃远，

雄伟壮丽的奇观，

天赞叹，地赞叹。

山啊，

高高耸入云端；

水啊，

激流冲过夹岸；

奔出了山，

淌出了关，

点燃了火，

星光灿烂。

神女的船，

绕着大坝上的星座，

遨游天上的银川。

读与思

　　这首诗歌以神女的视角，展现了三峡的雄奇壮丽。这是三峡本土诗人心中绘就的一幅山水图。

　　请你找一找关键词，说一说神女眼中的三峡是什么样子的。

三　峡（节选）

◎余秋雨

在国外，曾有一个外国朋友问我："中国有意思的地方很多，你能告诉我最值得去的一个地方吗？一个，请只说一个。"这样的提问我遇到过很多次了，常常随口吐出的回答是："三峡！"

顺长江而下，三峡的起点是白帝城。告别白帝城，便进入了长约二百公里的三峡。在水路上，二百公里可不算一个短距离。但是，你绝不会觉得造物主在作过于冗长的文章。这里所汇聚的力度和美色，铺排开去两千公里，也不会让人厌倦。

瞿塘峡、巫峡、西陵峡，每一个峡谷都浓缩得密密层层，再缓慢的行速也无法将它们化解开来。连临照万里的太阳和月亮，在这里也挤挨不上。对此，一千五百年前的郦道元说得最好：

两岸连山，略无阙处。重岩叠嶂，隐天蔽日，自非亭午夜分，不见曦月。（《水经注》）

他还用最省俭的字句刻画过三峡春冬之时的"清荣峻茂"、晴初霜旦的"林寒涧肃"，使后人再难调动描述的辞章。

过三峡本是寻找不得词汇的。只能老老实实，让嗖嗖阴风吹着，让滔滔江流溅着，让迷乱的眼睛呆着，让一再要狂呼的嗓子哑着。什么也甭想，什么也甭说，让生命重重实实地受一次惊吓。千万别从惊吓中醒过神来，清醒的人都消受不住这三峡。

读与思

　　余秋雨先生的《三峡》以三峡游踪为经，编织中国文化的悠久历史，多次突显三峡的文化含义。在余秋雨先生的笔下，三峡不只是传统意义上的山水风景，更含有浓郁的文化气息，是作者心中的一块圣地，一个无从替代的意象。请你读一读完整的《三峡》，谈一谈你的感受。

群文探究

1. 夔门，又名瞿塘关，是三峡著名景观之一，第五套十元人民币背面的风光就是取景于这里。三峡的著名景点三次入选人民币背面的风景图片。你可以通过图书查阅、网络搜索等方式，查一查三次分别入选的风景在哪里。最后结合本组文章与你查找的资料，谈一谈长江三峡能够得到人们青睐的原因有哪些。

2. 如果你想感受三峡的美，那么最好的方式就是走进三峡。你可以通过网络走进三峡博物馆的云展馆，探索三峡神秘的古今变迁。如果有机会，你还可以去三峡游一游，相信你会有不一样的收获。

第九章　　重庆言子儿

在重庆，有种同意叫"要得"，有种支援叫"扎起"。

重庆话又称重庆言子儿，其内容包罗万象，天文地理、日常琐事无所不涉。

你想听一听重庆娃儿们用重庆话唱的童谣吗？让我们一起踏上本章好玩的阅读之旅吧！

扫码立领
★ 名师朗读
★ 美文微课
★ 城市印象
★ 老城记忆

重庆歌①

朝天门，大码头，迎官接圣（开）。

翠微门，挂彩缎，五色鲜明（闭）。

千厮门，花包子，白雪如银（开）。

洪崖门，广船开，杀鸡敬神（闭）。

临江门，粪码头，肥田有本（开）。

太安门，太平仓，积谷利民（闭）。

通远门，锣鼓响，看埋死人（开）。

金汤门，木棺材，大小齐整（闭）。

南纪门，菜篮子，涌出涌进（开）。

凤凰门，川道拐，牛羊成群（闭）。

储奇门，药材帮，医治百病（开）。

金紫门，恰对着，镇台衙门（开）。

太平门，老鼓楼，时辰报准（开）。

人和门，火炮响，总爷出巡（闭）。

定远门，较场坝，舞刀弄棍（闭）。

西水门，溜跑马，快如腾云（闭）。

东水门，有一口四方古井，

正对着，真武山，鲤鱼跳龙门（开）。

绘图：罗小维（重庆市广益中学校）

注释

①这首民谣是重庆十七座城门的完整表述，字里行间详述了重庆十七座城门的用途。

明朝初年，指挥使戴鼎重修重庆并筑城，首开十七道城门，九开八闭。所谓闭门，是只有城楼却没有城门的"门"，或者有城门的样子却被堵塞死了的"门"，不能进也不能出。当然有些城门也可能是用于排水的，建造时就没有城门。

读与思

　　有城必有门。古时城为防御而建。老重庆有十七座城门，九开八闭，环江为池。这些城门多取名太安、通远、太平之类，以寓平安坚固。

　　重庆城门与老重庆人相伴。老重庆城门究竟有怎样的风采？让我们走进《重庆歌》，去感受一下吧！

童谣里的"游乐园"

黄丝蚂蚂[1]

黄丝黄丝蚂蚂，
请你嘎公嘎婆[2]来吃嘎嘎[3]。
坐的坐的轿轿，
骑的骑的马马。

 注释

[1] 蚂蚂：一说是蚂蚁。

[2] 嘎公嘎婆：外公外婆。

[3] 嘎嘎（gǎ gǎ）：肉。

城门城门几丈高[1]

城门城门几丈高，
三十六丈高。
骑马马，坐轿轿，
走进城门砍一刀。

注释

①以前这个游戏可以有三四人参与。两人面对面，伸出手臂搭在对方肩膀上当作"城门"，一人跪着从底下钻过，也可以是爬过。爬过"城门"的时候，当"城门"的两个人趁机放开手臂捉住钻城门的那个人，给他"一刀"。后来又有升级玩法，据说是两人一起钻，一人在下面当"马"，另一人在上面当"兵"，进城就是跟"城门"对干一场。现在想来，当"马"的那个人着实强壮。

丁老头儿①

从前有个丁老头儿，

养了两个儿。

三天不吃饭，

围到锅边转。

买了三根葱，

用了三毛三。

买个大冬瓜，

用了八毛八。

买了两根油条，

用了六毛六。

注释

①老头儿：老爷爷。这是许多重庆小孩人生中第一个"简笔画作品"，授课的当然是他们的父母。作画的媒介不定，从最开始的沙地当纸、树枝当笔，到后来的魔力白板和笔，再到现在的白纸和铅笔。一幅幅看起来形象滑稽的《丁老头儿》，温暖了无数人的童年时光。

木头人①

我们都是木头人，

不许说话不许动。

动了就打一百一，

现在时间来不及，

就打一十一。

注释

①木头人：这是重庆小孩儿童年的一种游戏。一起念童谣叫口令；口令完毕，立即保持静止状态，无论本来是什么姿势，都必须保持不动；如果有一人先忍不住说话，或者笑，或者行动，则这个人是游戏失败者，其他人可以打他的手心以示惩罚，并且叫口令："你为什么欺负我们木头人，木头人不说话！"然后再开始下一轮木头人的游戏。

读与思

拍手读童谣，大家笑一笑；重庆话来读，感觉更奇妙。

如果有兴趣，你可以和小伙伴们玩一玩童谣里的游戏！

童谣里的"旧时光"

推　磨

推磨，摇磨，赶晌午①，

娃娃不吃菜豆腐。

打碗米来煮，

煮又煮不熟，

娃娃抱到②罐罐哭。

手捻手指拇，

打到一十五。

黄牛转个弯，

打到一十三。

上山爬田坎，

弯刀斗麦秆。

抠三下，打三下，

姐姐说哩老实话。

注释

①晌午：中午，重庆话里也有"午饭"的意思。

②抱到：意思是"抱着"。

黄桷树，黄桷丫①

黄桷树，黄桷丫，
黄桷树下是我家。
我家有个好姐姐，
名字叫作马兰花。
马兰花，一十八，
被人卖到地主家。
地主家，没文化，
钓鱼来到菜园坝。
菜园坝，有轮船，
船上有个小皮球。

绘图：李宏（四川外语学院重庆第二外国语学校）

小皮球，橡胶泥，
马兰花开二十一。
二五六，二五七，
天上飞过大飞机。

注释

①黄桷树，黄桷丫：这是一首小女孩跳橡皮筋的童谣。这首童谣曾经被清脆地传唱在重庆的大街小巷，虽然现在被人传唱相对少了，但黄桷树仍然和这座城市紧密地联系在一起。

过　年

胡萝卜①，蜜蜜甜②，
看到看到要过年。
娃儿要吃肉，
老汉③没得钱。

绘图：田晓丽（重庆市南岸区天台岗万国城小学校）

注释

①胡萝卜：记得小时候，能吃到甜蜜蜜的胡萝卜简直是心花怒放，因为糖在那个年代是稀罕物。重庆本地胡萝卜出来的时候，正是寒冬腊月，离春节不远了。可以说，胡萝卜被端上菜桌，对于每个小孩儿而言，就是拉开了春节的序幕。

②蜜蜜甜：特别甜。

③老汉：爸爸。

摇竹歌①

竹子高，竹子长，

你是我的妈，

你是我的娘。

抱到摇几摇，

长你恁个②高，

长你恁个长。

绘图：李宏（四川外语学院重庆第二外国语学校）

注释

①摇竹歌：过去重庆一些区县有这样的风俗：如果小孩长得慢，家里人就让他（她）在除夕晚上去屋旁竹林，抱着竹子边摇边唱《摇竹歌》，说这样就能长高。

②恁个：像这样，这么。

读与思

　　这几首重庆童谣反映了不同时代重庆的社会生活和风土人情。每一首童谣都是一幅生活的画面，你能想象出来吗？

　　这些童谣是不是唤起了你童年的记忆呢？和小伙伴们分享一下你童年的"旧时光"吧。

群文探究

1.在读一读、唱一唱、画一画、玩一玩这些老重庆童谣的时候，想一想：童谣的乐趣在哪里？

2.除了这些老重庆的童谣和言子儿，你还听过自己家乡哪些有趣的童谣或方言？采访你的家人和伙伴，把这些有趣的童谣或方言记录下来，用家乡话念一念。

研学活动：
行千里，致广大

江流自古书巴字，山色今朝画巨然。

独特的地理环境，个性鲜明的巴渝风情，不可替代的陪都历史，都给重庆烙上了不可取代的印记。行走在重庆，每一寸土地都在向你讲述着它辉煌的过往。重庆精神在薪火相传中历久弥新。

研学主题一：唤醒"红色基因"

研学因由：

重庆，一个英雄辈出的城市。在战火纷飞的抗日战争年代，渝州儿女把千年前书写下的忠义英魂代代传承。让我们追寻他们的足迹，在旧址浏览与故事讲述中，唤醒扎根在我们血液中的"红色基因"。

研学活动：

1. 设计红色旅游景区 logo（标志）：

请选择你最感兴趣的红色旅游经典景区进行游览或收集资料，为它们设计宣传景点的 logo（标志），向更多小朋友宣传它们吧。

推荐景点	logo 设计
人民解放纪念碑	 绘图：赵亮 （重庆市第三十九中学校）
中共中央南方局暨八路军驻重庆办事处旧址（红岩村 13 号旧址）	
《挺进报》旧址	
红岩革命纪念馆	

2. 在重庆这块英雄的土地上，有着光荣的革命传统。红色基因代代相传，红色文化底蕴深厚。重庆市文化和旅游发展委员会于 2021 年推出 9 类 21 条红色旅游精品线路，你可以根据自己的需求，选择一条线路走一走、看一看，去感受战时文化，去追寻革命历史，开启一场震撼心灵的"红色之旅"。

研学主题二：无江湖，不重庆

研学因由：

火锅，是重庆的通行证。重庆人的岁月，有三分涮在火辣辣的锅里。在重庆只知道火锅，还是不够的。重庆人的胃还属于小面，还属于地地道道的江湖菜。火锅、小面和"江湖菜"都能很好地表现出这座城市的追求。一顿火锅一碗小面，体现着重庆人对味觉的执着；异彩纷呈的江湖菜，更直接地展现了重庆人的内在性格。

所谓江湖菜，是指相对于正宗渝菜而言的民间菜式。它以川渝菜系为基础，又采百家之长，烹调不拘常法，看似煎炒率性，却能一菜一格，独闯天下。2017 年，《中国烹饪》杂志选出 12 道江湖菜作为重庆地区的美食代表，具体如下：

缙云山下的来凤驿	璧山来凤鱼
歌乐山三百梯黄桷树下	歌乐山辣子鸡
江津	江津酸菜鱼
白市驿的含谷镇	含谷芋儿鸡
江北县翠云乡（现渝北区翠云街道）	翠云水煮鱼
璧山县	烧鸡公
潼南区的太安镇	太安鱼
南山村	南山泉水鸡
大足县邮亭镇	邮亭鲫鱼
綦江县（现綦江区）北渡河	綦江北渡鱼
黔江	黔江鸡杂
磁器口古镇	磁器口毛血旺

研学活动:

1. 寻美食:

重庆江湖菜一般带有很强的地域性。除了上述的12道代表菜,还有李子坝梁山鸡、铁山坪花椒鸡、合川肉片等等。请你搜集重庆江湖菜的资料,并制作一幅重庆江湖菜地图。

2. 做美食:

重庆江湖菜做法随意,不拘一格。请查找你感兴趣的重庆江湖菜的做法,自己尝试做一做吧。

3.写美食：

重庆江湖菜麻辣鲜香，每个人吃都有不一样的感受。你品尝到的江湖菜是什么？吃的时候你有什么样的感受？

研学主题三：打卡"最重庆"

研学因由：

重庆的魅力在于它独一无二的地质地貌，如天生三桥、天坑地缝；在于它三千年的厚重历史，如大足石刻、合川钓鱼城；在于它独一无二的文化积淀，如红岩精神、三峡文化；在于它蜕变后的魔幻新生，如洪崖洞民俗风貌、李子坝轻轨穿楼、上下五层的盘龙立交桥；在于它无限可能的未来。每一个城市都是文化遗存的载体，更是文化传承的摇篮。在你心中，最能体现重庆魅力的是什么？

研学活动：

1.探寻重庆"前世"记忆：

在重庆三千年文化传承中，你最感兴趣的是什么？在中国非物质文化遗产数字博物馆中，我们可以查询到重庆的53项非物质文化遗产。请挑选出你最感兴趣的一项非物质文化遗产进行深入了解，并用图文的方式记录下来。

2.解密重庆"今生"风采：

如今重庆成为国内旅游最火热的城市之一，"网红城市"的标签也由此而来。洪崖洞、李子坝轻轨、长江索道等景点塑造了一个新的重庆城市形象。如果你到重庆，你最想去哪里打卡呢？你一定有非去不可的理由吧，请你说说看！

3. 展望重庆"未来"模样:

在了解了重庆"前世今生"的模样后,你对无限可能的重庆一定有了新的期待吧? 在你心中,未来的重庆是什么模样呢? 请你拿出彩笔,画一画吧。无论是哪一种模样,一定都是你对重庆最美好的祝福。让我们满怀期待,行千里,致广大!